新潮文庫

悪魔の羽根

乃南アサ著

新潮社版

7556

目次

悪魔の羽根

はなの便り

I

「悪いけど、今日はあなたに逢《あ》えないわ」

それが、岳彦《たけひこ》の耳に飛び込んできた優香子《ゆかこ》の第一声だった。時計と睨《にら》めっこをしながらドライヤーで髪を乾かしていた岳彦は、「ええっ?」と、あからさまに不満な声を出した。

「何で」

二月最後の週末だった。昼近くまで寝坊をして、それから慌《あわ》ててシャワーを浴び、もうあと十五分もしたら、家を出ようと思っていた矢先のことだった。

「俺、もう出るところだぞ」

「ごめんなさい。急に行かれなくなったの」

優香子の声は、いつにも増して細く、弱々しく聞こえる。だが、その口調には、どこか決然としたものが感じられ、岳彦は、せっかく思い描いていた今日一日の予定が、音をたてて崩れ去ったことを知った。二人でバレンタイン・デーを過ごして以来の、十日ぶりのデートだったのだ。今日、優香子はどんな服を着てくるのだろう、何を食べたいと言うだろうか、楽しみにしていたコンサートを十分に味わってくれるだろうかと、実に様々なことに思いを馳《は》せていたのに。まさかキャンセルの電話が来るなどとは、夢にも思っていなかった。

「じゃあ、どうするんだよ。俺、一人で行けっていうの」

「──誰か、他の人と行って。私の分も、チケットは岳彦くんが持ってるんだから」

「何だよ、それ」

岳彦は、苛立《いらだ》ちのあまり、わざとらしいほど大きな舌打ちをした。

「やっと取ったチケットなんじゃないか、優香子が行きたいって言うから」

「そうなんだけど」

「だったら、俺との約束を最優先にしろよ」

「それが無理だから、謝ってるんじゃない」

「俺よりも大切なことが、あるのかよ」

岳彦はますます苛立った声を出し、今度は大袈裟《おおげさ》に鼻を鳴らした。せっかくのデートをキャンセルするくらいの、どんな用事が出来たのだと言おうとしたときに、受話器の向こうから鼻をすする音が聞こえた。

「優香子？」

「——とにかく、ごめんなさい」

確かに泣いている。鼻にかかった声に続いて、ぐすん、ぐすん、という音を聞いた途端、岳彦の胸は急に不安で一杯になった。知り合って半年、優香子が泣いているところなど、これまでに一度だって見たことはなかった。

「おい——泣いてるの？ どうしたんだよ」

だが、優香子は何も答えなかった。受話器を手で押さえる耳障《みみざわ》りな音が伝わってきて、しばらくの間、岳彦の耳には何も聞こえなくなった。

「優香子？ 何があったんだよ、おいっ」

これは、ただ事ではない。岳彦は焦《あせ》りが募ってくるのを感じながら、何も聞こえない受話器に向かって声を張り上げた。しばらくすると、ようやく優香子の弱々しい声が「何でもないの」と言った。さっきよりも、さらに鼻声になっている。

「俺、これからそっちに行こうか？」

「いいの。やめて」

奇妙にきっぱりとした口調。岳彦は一瞬怯《ひる》み、言葉を失いそうになった。その気配を察知したのか、優香子は早口に「私も出かけなきゃならないんだもの」と続けた。

「出かけるって、どこに」

「――家の、実家の用事なの」

身内のことと言われてしまえば、それ以上にしつこく問いただすことも躊躇《ためら》われた。だが、九州出身の優香子に、実家のことで急用が出来るとは、どういうことなのか、岳彦には、よく分からなかった。

「本当に、申し訳ないんだけど」

やはり、鼻をすすっている。岳彦は、それ以上に怒るのも大人げないと自分に言い聞かせ、必死で気持ちを鎮《しず》めようとした。

「そんなら、しょうがないけどさ――だったら、明日は？　明日は、逢える？」

気がつくと、哀願するような口調になっていた。

「無理だわ、多分」

「どうしてだよ。今日も駄目で、明日も駄目なの？」

「仕方がないのよ。分かって」

「分かんねえよっ」

「お願い――困らせないで」

日頃はさほど意識していないのだが、こんなときに、優香子との年齢差を思い出す。自分よりも四歳年上の、今年で二十九歳になる優香子に対して、岳彦は常に我《が》を通そうとする癖があった。何かというとつい駄々をこねたり、筋の通らない我儘《わがまま》を言ってしまうのだ。優香子が困りながら、呆《あき》れながらも、結局は折れてくれるのを、子どもじみた狡猾《こうかつ》さで望んでいる。

「そんなに、大変なことが起きたのか？　実家で？」

「大したことじゃないの。ただ、今日明日には逢えないっていう――」

「本当に実家の用事なのか？　何か、嘘《うそ》臭いな」

「――本当よ」

彼女よりも強い男でありたい、彼女を守りたいと思っていながら、結果的には彼女に甘えて、彼女を困らせることの方が多い。だが、それを許してくれるのが優香子だった。大人の女の香りを漂わせて、彼女は常に美しく、毅然《きぜん》としていて、それでいて可愛《かわい》らしい女性だった。岳彦と同い年や年下の女の子などよりも、よほど純粋で瑞々《みずみず》しい。だからこそ、岳彦は彼女が好きになった。

「俺にも言えないことなの」

「――だって、あなたには関係ないもの」

そのとき、再び受話器を手で覆《おお》う音がした。そして、くぐもった音が何かごそごそと聞こえてくる。

──誰かいるのか、傍に。

反射的にそう直感し、岳彦は、今度は頭から血の気が退《ひ》くのを感じた。咄嗟《とっさ》に、昨年別れたという話の、以前の恋人が思い浮かんだのだ。確か、優香子よりも二歳年上だと言っていた。別れた理由について、詳しくは聞いていないが、優香子は岳彦と知り合った当時、「私が馬鹿《ばか》だったのよ」と淋《さび》しそうな顔で笑っていたことがある。

「誰か、いるのか」

「いないわよ、誰も」

再び受話器の前に戻ってきた優香子の鼻声は、さっきよりもさらに慌《あわ》てているように聞こえた。嘘をついている。そう、直感した。

「──とにかく、切るわね。本当に、ごめんなさい」

何を言おうか迷っているうちに、優香子は「私の分まで楽しんできてね」と言って電話を切ってしまった。それが、岳彦が優香子の声を聞いた最後になった。翌日から、彼女の家の電話は常に留守番電話に切り替えられて、岳彦が何度電話をかけても、彼女が出ることはなくなってしまったのだ。

そして三日後、岳彦のアパートに一枚の絵葉書が舞い込んだ。青空の下に広がる一面の菜の花畑を撮った写真を裏返すと、優香子の几帳面《きちようめん》な文字が並んでいた。

〈昨日は本当にごめんなさい。事情があって、しばらく逢えそうにありません。また、ご連絡できるような状態になったら、必ずこちらから連絡しますから、どうか心配しないで下さい〉

たった、それだけの文面だった。岳彦は、頭がすっきりしないままに、ただ、その葉書を繰り返して読んだ。裏返せば、素気ない文章の内容とは不釣り合いな、あまりにものどかな菜の花畑が広がっている。どうして、わざわざ葉書などをよこしたのだろう。電話で済むことではないかと思うと、葉書のどこかに、秘密でも隠されているような気がしてくる。だが、何をどう見ても、岳彦の直感を刺激するようなヒントは見つからなかった。

「——勝手なこと、言うなよ。これだけで何が分かるっていうんだよ」

岳彦は、腹立ち紛れにネクタイを緩めながら、それでも葉書から目を離せなかった。何かの冗談ではないのかという思いと、三日前の、優香子のどこか切羽詰まった様子とが交錯して、どうにも考えがまとまらない。だが、優香子が心配するなと言う以上、岳彦にはどうすることもできないではないか。それにしても水臭い、どうしてきちんと訳を話してくれないのだと考えるだけで、何とも、やるせない、情けない気分になった。

2

久しぶりに一人で過ごす休日を挟んで、最初の十日間ほどは、不安よりも怒りの方が大きかった。もともと、どちらかといえば短気で、意地っぱりの岳彦だ。おまけに、このところはやたらと出張が多くて、ウィークデーは日本中をかけずり回っている。そんな日々の隙間《すきま》を縫うように、元気なの、何があったの、心配していると、幾度となく留守番電話にメッセージを残しているのに、優香子の方からは、電話の一本もかかってこないのだ。知り合って半年にもなるんじゃないか、俺たちは恋人同士じゃなかったのかと、岳彦の中では、言いたいことばかりが膨らんでいった。

——まさか、このまんま終わりにしようって気じゃ、ねえんだろう?

いつの間にか雛《ひな》祭りも過ぎて、世間は春に向かっている。せっかくの土曜日だというのに用もなく、部屋でぼんやりと過ごしていると、やがて不安の方が頭をもたげてきた。今日あたりは卒業式を行うところも多いだろうに、今にも雪が降り出しそうな、どんよりとした曇り空が窓の外には広がっていた。何だか、あまりにも寒い、淋しい春ではないかという気がした。

狭い部屋に寝転がって室内を見回しているうち、ステレオの片隅に、たまった埃《ほこり》と一緒に小さな豆が転がっているのが目にとまった。優香子と二人で、はしゃぎながら豆まきをしたのは、ついこの間のことだったような気がする。バレンタインのときだって、彼女は恥ずかしそうに微笑《ほほえ》みながら、チョコレートを添えたセーターを差し出してくれたのだ。岳彦は、そんなときの優香子の笑顔が何よりも好きだった。いつでも、彼女の笑顔を見ていたい。そのためなら、どんなことでもしたいと、そんなことさえ思っていたのに――。

その彼女が、泣いていた。どうして？　岳彦の受けた印象では、最後に声を聞いたときの優香子は何となくそわそわとして、落ち着かない様子だった。やはり、傍に誰かいたのだろうか。誰だ、誰が、傍にいたのだろう。実家の用事とは何なのか。たとえ恋人にでも、聞かせたくないことなのだろうか。

――急病なんかだったら、隠す必要はないよな。すると、もっと隠す必要のあることか？　世間体の悪いような？

電話の傍にいたのは、どうも男だったような気がする。優香子に男の兄弟がいるなんて、聞いていない。たとえば親や兄弟ならば、そう言えばよいのだ。いや、実家の用事という、その言い訳自体も疑わしい。そんなことを、あれこれと考えていると、いてもたってもいられなくなった。岳彦は電話に飛びつき、優香子の家の番号をダイヤルした。だが、聞こえてきたのは、いつもの合成音だった。例の、予《あらかじ》め電話に仕込まれている、味も素気もない姉ちゃんの声だ。悪戯《いたずら》電話防止という理由で、優香子は自分の声で留守番電話のテープを入れていない。

タダイマ留守ニシテオリマス。発信音ノ後ニめっせーじヲオ入レクダサイ。

岳彦は、苛立ちながらテープを聞き、ピーッという発信音を待った。

「俺——。一体、何があったんだよ。俺には、まるっきり、分からないよ。どうしても電話に出てくれないんだったら、俺、週明けに会社の方に電話するぞ」

優香子は化粧品会社に勤めている。女ばかりの職場ということもあり、口うるさい上司もいることから、職場には絶対に電話しないで欲しいと、日頃から繰り返し言われていた。岳彦だって、まさか本気で彼女を困らせようとは思わないが、もしも今、彼女が電話の傍でメッセージを聞いているとしたら、慌てて電話に出てくれるはずだと思ったのだ。

「そうじゃなかったら、会社の帰りに待ち伏せする。いいな」

何だか脅迫しているみたいだ。だが、留守番電話のテープは無言で回り続け、やがて、勝手に切れた。

――ちぇっ。

やけくそみたいに、やたらと煙草《たばこ》をふかし、昼間からビールを飲んで、結局その日、岳彦はふてくされてテレビを見て過ごした。

「結局さ、遊ばれたんじゃねえの？　年上の女にさ」

翌日も、優香子から連絡はなく、家も留守番電話のままだった。これ以上、一人でじっとしているのも嫌だったから、岳彦は学生時代の友人と会うことにした。大学時代、同じサークルに入っていた反中《そりなか》という男は、岳彦の誘いに応じて、映画に付き合い、渋谷をぶらぶらと歩き、夕飯の相手までしてくれた。生ビールで乾杯して、お好み焼きを焼きながら、彼はにやにやと笑って「そんなこったろうと思ったよ」と言った。

「そりゃあ、俺はおまえの話を聞いただけだから、断言は出来ないけどな、だけど、その彼女が本当におまえの言う通り、しっとりしたいい女なんだとしたら、何で、おまえみたいな奴《やつ》と付き合うのか、俺には、それ自体が不思議だったもんな」

第一、岳彦たちくらいの年代では、たとえ同い年だって女の方が大人びているというのに、四歳も年上となったら、とても歯が立つような相手ではないというのが、反中の意見だった。

「女にとっちゃあ、クリスマスからバレンタインあたりが、一年でいちばん盛り上がる時期だろう？　それが無事にクリア出来たから、もう、ご用済みってことなんじゃ、ねえの？」

「そんな女じゃねえよ」

反中が手際《てぎわ》よく切り分けたお好み焼きにかぶりつきながら、岳彦は鼻を鳴らした。

「じゃなかったら、やっぱり愛想を尽かされたんだな。おまえが、あんまり手が焼けるからさ」

岳彦は、久しぶりに会った友人を上目遣いに睨《にら》みながら、お好み焼きをビールで流し込んだ。良く言えば、やんちゃ、悪く言えば我儘勝手という評価は、岳彦が学生の頃から受けてきたものだ。確かに岳彦自身も、その点に関しては反省材料がないではない。だが、優香子はいつでも言っていた。あなたのやんちゃは、人を傷つけるようなものじゃないもの。今から、やたらと物わかりのいい大人になんか、なって欲しくないわ、と。

「優香子は、俺といると楽しいって、いつも言ってたんだ。大体、前の晩に話したときには普通だったんだぞ。『明日が楽しみね』って、そう言ってたのに」

岳彦の言葉に、反中は「ふうん」と頷《うなず》く。

「すると、やっぱり、何かあったか——」

反中は、宙を見つめてしきりに何か考える顔をしていたが、やがて、「行ってみたのか」と口を開いた。

「彼女のアパートに」

岳彦は、弱々しく頭を振った。心配するなと言われているし、電話に出ないことを考えれば、留守の可能性がある。第一、突然訪ねていって、そこで何か見てしまったらと思うと、それが怖いのだ。古風というか、几帳面というか、彼女は岳彦に対して、未《いま》だに素顔も見せたことがない。そんな彼女に突然会いに行って、もしも素顔だったり、髪が乱れていたりしたら、優香子自身が決まりの悪い思いをするに決まっている。それこそ、二人の関係がまずくなるようなことは、したくなかった。

「だって、ただでさえ、もう、まずいんじゃねえの」

「そういう言い方、するなよ」

からかい半分の反中を睨み、膨れっ面《つら》になりながら、それでも岳彦の口調には力がこもらなかった。考えれば考えるほど、逢《あ》えない時間が長くなるほど、もう二度と、この手で優香子を感じることなどないような気がしてきてしまうのだ。

「その上、隣に別れたはずの男でもいたら、どうしようってか？」

反中の言葉に渋々頷くと、弾《はじ》けるような笑い声が返ってきた。

「おまえらしくもないな」

それは、岳彦にも分かっている。だが、惚《ほ》れた弱みとでもいうのだろうか、彼女の嫌がるような真似《まね》だけは、したくないと思うのだ。昨日は、あんな電話をかけたけれど、実際に会社になど電話するつもりは、さらさらない。彼女に嫌われたくない、困らせたくない、悲しませたくない。

「健気《けなげ》だねえ。だけど、そう思ってるようなおまえに対して、普段は優しくて几帳面で古風な女の、これがとる態度か？　おまえが勝手に思い込んでるだけなんじゃねえの？」

反中は、あくまでも冷静に言葉を続ける。岳彦は、返す言葉もなく、ただうなだれていた。

「とにかく、理由が分からないんじゃあ、どうしようもないじゃないかよ。相手が電話に出ないっていうんなら、直接会いに行くより他に、ねえだろう？」

「――そうだけど」

そこで、反中はぽんとテーブルを叩《たた》いた。

「電話だ、電話してこい。『これから行くから』って」

「これから？」

岳彦は驚いて友人を見た。だが反中は、平日は忙しいのだから、休みの日にしか動けないではないかと言った。しかも、一人で行く勇気がないのならば、自分が一緒にいるときの方がよいのではないかとも。

「留守なら留守でいいじゃねえか。だけど、これで部屋に電気でもついてたら、彼女は何か隠してるっていうことだろう？　恋人の、おまえにも言えないような秘密があるっていうことだよ」

岳彦自身も、こんな煮えきらない気分で日々を過ごしたくはない。どちらかといえば、何事も白黒をはっきりさせるのが好きなのだ。こちらを見つめている反中に、意を決して頷き返すと、岳彦はゆっくりと立ち上がって、店の公衆電話を探した。またもや、例の留守番電話の姉ちゃんの声を聞くことになるのかと思っていたのに、意外にも数回のコールの後で「もしもし」という声が聞こえてきた。ハスキーな低い声。

岳彦は、番号を間違えたのかと思って、「あ」と言ったまま言葉を失ってしまった。

ところが、その声は「青山です」と名乗った。優香子の苗字《みようじ》だ。

「あの、青山優香子さんの——」

愛想のない声は「そうですが」と答える。それだけでは、男か女かも分からない声だ。やはり、男と一緒だったのかと、絶望的な気分になりかかったとき、その声は「どちらさまでしょうか」と続けた。口調からして女らしいということが、辛うじて分かった。岳彦は慌《あわ》てて自分の名を名乗った。

「あの、優香子さんは」

電話の向こうの相手は、いかにも感情のこもらない声で「留守ですが」としか答えない。もしかすると、優香子と岳彦の関係も知らされていない人かも知れないと思った。すぐにも電話を切られそうな気がして、岳彦は急いで、「いつ頃戻られますか」と続けた。

「さあ——実家に帰っているものですから」

ハスキーな声は、いかにも事務的に答える。

「実家って、あの、福岡のですか?」

「そうです」

「あの、あなたは」

「優香子の従姉《いとこ》です。ときどき、空気を入れ換えに来ているんですが」

なるほど、従姉か。岳彦は、ようやく少し安心して、それでも、部屋の空気を入れ換えに来なければならないほど、優香子は長期にわたって実家に戻っているのだろうかと考えた。

「伝言があったら、伝えておきますが」

ハスキーな声の従姉に言われて、岳彦は、連絡をくれるように伝えて欲しいと答えた。さすがに、実家の番号を教えてくれとは言えなかった。畜生、我ながら、思ったよりも小心者だ。「黒木さんでしたね」と、最後に確認され、岳彦は「よろしくお願いします」とだけ言うと、すごすごと電話を切った。

「間違いなく、女だったんだな?」

「ああ、すげえ、ドスの利《き》いた声だったけど、女だった」

客席で待っていた反中に報告をすると、彼は、「よかったじゃないか」と微笑んだ。

「落ち着いたら、きっと連絡があるさ」

やはり、待つより他に方法はなさそうだ。岳彦は、深々とため息をつきながら、取りあえずは、留守番電話ではなく、生身の人間に伝言を残せただけで、少しばかり安心していた。あの従姉が間違いなく伝えてくれれば、早ければ明日、いや、今夜にも優香子から連絡が入るかも知れない。そう考えると、反中などとお好み焼きを突っついている場合ではないような気さえしてきた。

3

優香子からの連絡はなかった。毎晩、疲れ果ててアパートに戻るなり、留守番電話を確かめて、余計にぐったりと疲れる日が続いた。

——俺なんか、電話する価値もないのか。

この春で、ようやく入社三年目を迎える岳彦は、近頃は仕事をしていても、毎日のように面白くない目に遭っていた。

取引相手のお偉いさんの中には、あからさまに小馬鹿《こばか》にした態度をとり、岳彦を青二才の使い走りとしか思ってくれない者も少なくない。どうして話の分かる相手を連れてこないのだと、頭ごなしに怒鳴られることも珍しくなかった。会議では上司に叱《しか》られ、先輩からは考えが甘いと言われて、毎日毎晩、ストレスがたまっていく。

こんなとき、優香子に話を聞いてもらえたら、いや、逢うだけでも、声を聞くだけでもよい、それだけで、疲れがとれるのにと思う。それなのに、優香子からは電話の一本、葉書の一枚も来ないのだ。それどころか、あれ以来、従姉という人も電話に出ることがなかった。

——どこに行っちゃったんだよ。

あんなに楽しみにしていたホワイト・デーも過ぎてしまった。岳彦の手元には、少し無理をして買った小さなダイヤのピアスが、優香子に手渡せないまま残っている。

——俺がガキだからか。まともに相手にする気にもならないのか。

仕事が順調にいかないと、普段の考え方までが、妙にひねくれてしまう。世間は日増しに春らしくなっているというのに、岳彦の心には、そよ風の一つ、一筋の光さえ、そそぎ込まれないではないか。

優香子は、年下の男と付き合うのは岳彦が初めてだと言っていた。たかだか四歳の違いではないかと思うのに、その年齢差に、彼女が少なからず拘《こだわ》っていたことは、岳彦も知っている。結局、ガキのお守りに飽きてしまったということなのだろうか。

「へえ、黒木くん、そんなことに悩んでたわけ？」

ある日、岳彦は入社以来、何かと世話になっている先輩のＯＬを昼食に誘い、思いきって相談を持ちかけてみた。既に、半年ほど前に結婚している彼女ならば、変に勘ぐられる心配はないし、口も堅い。それに、ちょうど優香子と同い年の彼女ならば、何かアドバイスをしてくれるのではないかと思ったのだ。半年前から山田という姓に変わった先輩は、「何だ、仕事の悩みかと思った」と笑いながら、それでも岳彦の話を聞いてくれた。

「──喧嘩《けんか》もしてないし、思い当たることなんか、何もないんですよね」

山田先輩は「ふうん」と首を傾《かし》げ、「不思議ねえ」と呟《つぶや》いたが、やがて、にやりと笑った。

「黒木くんが、思い当たらないだけなんじゃないの？」

岳彦は慌てて首を振った。岳彦だって、そのことは何度も考えたのだ。だが、断じて思い当たることはない。

「男の方だけが、勝手にそう思い込んでることって、多いと思うなあ」

だが、先輩は疑り深げな表情で、まだ試すような目つきをしている。それでも、あの前後のことを思い出してみれば、余計に腑《ふ》に落ちないことだらけなのだと言うと、彼女はようやく納得した表情になった。

「それなのに、急に消えちゃった、と」

岳彦は、子どものようにこっくりと頷いた。

「仕事は？　休んでるのかしらね」

「職場には、電話しないでくれって、言われてるんです」

「でも、かれこれ一カ月にもなるんでしょう？　そんなに長い間、休んでも平気な会社なんてある？　よっぽどの事情がなきゃ、無理なんじゃないの？」

それに関しては、岳彦も首を傾げるばかりだった。だが、電話に出た彼女の従姉は、優香子は実家に帰っていると言ったのだ。

「そんなの本当か嘘《うそ》か、分からないじゃない。第一、その人が、本当に従姉なのかどうかだって」

そこで、山田先輩は急に目を大きく見開き、既に空になったランチの食器を脇《わき》に押しやると、喫茶店の小さなテーブルに身を乗り出して声をひそめた。

「まさか、拉致《らち》されたなんていうこと、ないんでしょうね」

「拉致？」

「彼女、何かの犯罪に巻き込まれたとか、そんな可能性ないの？　電話で従姉って言ってた人は、もしかしたら彼女を連れ出した犯人か、その一味だったのかも知れないじゃない」

岳彦は息を呑《の》んだ。背筋を冷たいものが駆け上るのを感じる。無理に顔を歪《ゆが》めながら「まさか」と呟くと、先輩は、ますます身を乗り出してきて、「まさかじゃないわよ」と鋭い口調で言った。

「今どき、そんなトラブルくらい、珍しいことじゃないじゃないの。黒木くんだって、ニュースを見てないわけじゃないでしょう？」

「そりゃあ、そうですけど――でも、彼女は別に何の宗教にも入ってないし」

「馬鹿ねえ！　拒み続けてたのかも知れないじゃない。大体、素直に応じないからこそ、拉致するのよ」

　そこまで言われると、岳彦も不安になる。もしも、何かのトラブルに巻き込まれたのだとすると、一カ月もの間、岳彦は何の手も打たずに、どこかで苦しんでいるかも知れない彼女を放っておいたことになるのだ。思わず「どうしよう」と呟くと、山田先輩は急にきりっとした表情になり、「そうね」と腕組みをした。

「とにかく、まずは会社に電話してみることよ。何の届けも出さずに、一カ月も休んでいるんだったら、それこそまずいわ」

　もはや、ぐずぐずと考えている場合ではなかった。岳彦は、震えそうになる手で上着の内ポケットからアドレスブックを取り出し、その場で優香子の会社に電話をしに行った。

「青山は、ただいま席を外しておりますが」

　ところが、応対に出た声は、いかにも愛想良く、さらりと答えた。

「あの、青山優香子さん、ですが」

「こちらには、青山という者は一人しかおりませんので。どちらさまでしょうか」

岳彦は、またもや狐《きつね》につままれたような感覚で、慌てて「黒木です」と名乗った後、手早く電話を切った。妙に張り切った表情でこちらを見ていた山田先輩に、優香子は出社しているらしいと報告すると、彼女はあからさまに落胆した表情になり、「何よ、それ」と言った。

「じゃあ、実家に戻ってるなんて、嘘だったたっていうことじゃない」

「――――」

「つまり、黒木くんに会いたくないから、実家を口実に使ったたっていうことでしょう？　その、代わりに電話に出た人だって、本当に従姉だか友達なんだか知らないけど、要するに黒木くんが、あんまりしつこく電話するもんだから、彼女が頼んで出てもらったんじゃないの？」

「そんな――」

だが、先輩の口調には容赦がなかった。彼女はそれから、三十路《みそじ》を目前に控えた女性が、たとえば結婚の問題も含めて、どれほどの焦《あせ》りを感じるものか、まだ二十代半ばの男を、どれほど子どもで頼りないと感じるものか、それでも未来のある青年を傷つけてはいけないと思うから、あれこれと気を遣い、フォローしようと、どれほど日々心を砕いているかということを、ものすごい勢いでまくしたてた。岳彦は、うなだれて彼女の話を聞きながら、内心で「それは、おまえの勝手な考えだろうが」と思っていた。

「とにかく、彼女は黒木くんを避けている。それだけは確かね」

彼女は、最後にきっぱりとした口調で、そう結論づけた。

「そんなことで悩んでるから、このところ報告書にも企画書にも、誤字脱字が多いのよ。いい？　下手に深追いなんかしたら、余計に嫌われるから。それよりも、早く一人前の男になんなさいよ」

言いたいことだけを言ってしまうと、新婚の先輩は「ごちそうさま」と言って、伝票を残したままで立ち上がった。岳彦は、彼女を相談相手に選んだことを悔やみながら、後からのろのろとレジに向かった。避けられている。深追いすれば、余計に嫌われる。思い当たることもないのに、どうして、と思う。だが、それが分からないのも、ガキだからだというのだろうか。

「ああ、春ねえ。もう、冬のコートはクリーニングに出さなきゃ」

店の外で待っていた山田先輩は、気持ち良さそうに伸びをすると、使いもしなかった財布を両手で包み込むように持ちながら、一人でくすくすと笑っている。

「青春真っ盛りってとこねえ、黒木くん」

岳彦は、まともに返事をする気にもなれず、先輩の、口紅の剝《は》げ落ちた横顔をちらちらと見ながら、少し離れて歩いた。

「私にも、そんな頃があったなあ。まあ、主婦になっちゃった今となっては、懐《なつ》かしいばっかりだけど」

だから、年上の女は嫌なのだと思う。全部、分かっているような顔をしやがって、偉そうに好き勝手なことを言って。だが、優香子はそんな女ではなかった。優香子は、一度だって岳彦を小馬鹿にしたようなことを言ったことはない。たとえば、自分の経験を話してくれるときだって、年上ぶったような素振りは見せたこともないのだ。ああ、やはり何としてでも優香子に逢《あ》いたかった。もう限界だ。

――会社には出ている。

つまり、その気になれば、今すぐにだって会いに行けるということだ。そう考えると、少しだけ気が軽くなった。この、同じ東京にいるのだと思うだけで嬉《うれ》しい。こうなったら、話せなくてもよい、ただ遠くから姿を見るだけでもよい。ただ、優香子に逢いたかった。

——そうだ、遠くからなら、分からない。

定時で仕事を終えられる日を選んで、優香子の勤める会社の前で待ち伏せをしよう。

とにかく、彼女が元気でいるところだけでも確かめなければ、気が済まなかった。

4

だが、決心はしたものの、実行に移すチャンスはなかなか訪れなかった。土日にも野暮用が入り、平日は残業が続いて、瞬《また》く間に日が過ぎる。気がつけば一週間ほどもたってしまった頃、その日も残業になり、夜も更《ふ》けてからアパートに帰り着くと、「青山優香子の従姉《いとこ》ですが」というメッセージが留守番電話に残っていた。聞き覚えのある、ドスの利《き》いた声だ。疲れ果てて、のろのろと服を脱ぎかけていた岳彦は、電話に飛びついて息をひそめた。

「優香子から言付けを頼まれましたので、お電話しました。優香子は、東京には戻ってきているのですが、まだごたごたが続いているので、申し訳ないが、当分お目にかかれそうにないということでした。ご連絡出来るときが来たら、優香子の方から、お電話するそうです。では、よろしくお願いします」

岳彦は、耳をそばだててそのテープを聴いた。何度も何度も巻き戻しては、繰り返して同じメッセージを聴いた。メッセージは岳彦が帰宅する三十分ほど前に入れられたものだ。そして、テープの終わりに、キュッというような音が入っている。コードレスの電話を使った場合、電話を切るときにフックボタンではなく、スイッチが押される音がキュッと残るのだ。それは、優香子の家の電話と同じ特徴だった。そう確信するが早いか、岳彦は疲れ果てていたことも忘れてアパートを飛び出した。

——優香子が東京にいるんなら、何も、部屋の空気を入れ換えに来る必要なんかないだろう。

タクシーを拾って、優香子の住む町に向かう途中、岳彦はひたすら考えた。それに、メッセージが入っていた時刻は、空気を入れ換えるために寄ったにしては、少しばかり夜が更けすぎている。つまり、優香子の従姉と名乗る人物は、優香子の部屋に寝泊まりしていると考えた方が自然だ。毎晩ではなくとも、少なくとも今夜は、いるに違いない。だったら、下手に優香子の職場を張り込んだりするよりも、彼女に会って、直接話を聞くのがいちばんだ。

こんな夜更けに、突然訪ねていったら、変に思われるかも知れない。優香子に迷惑をかけるだろう。いや、それでも構わないと思った。こんなにも腑に落ちないことばかりで、間接的な話だけ聞かされても、岳彦のストレスはたまる一方だ。

——俺だって必死なんだ。別に、遊びで付き合ってるんじゃ、ないんだからな。

従姉に何か言われたら、そう答えようと考えて、そこで初めて、岳彦ははっとなった。そうだ、いつの頃からか、岳彦は優香子との将来のことを考え始めている。だからこそ、こんなにも真剣なのだ。それは、学生時代の恋愛とは、確かに違う感覚のものだった。


四十分ほどもタクシーを飛ばして、優香子の住むアパートに着くと、岳彦はこの半年の間に、何度となく訪れたことのあるドアの前に立ち、一度緩めたネクタイを締め直して深呼吸をした。案の定、玄関脇のガラス窓には、ぼんやりと奥の部屋の明かりが洩《も》れているのが映っている。岳彦は、ゆっくりとチャイムを鳴らした。間違いなく、人のいる気配がして、やがて窓ガラスに人の影が映った。「どちらさま」と、ハスキーな声が訊《き》いてくる。岳彦は、扉の覗《のぞ》き穴から見やすい位置に立って、自分の名前を名乗った。

「夜分にすみません。ちょっと、うかがいたいことがあって」

岳彦の言葉に、声の主が当惑していることを窺《うかが》わせる沈黙が数秒は続いた。それからやっと、「ちょっと、お待ちいただけますか」という返答が聞こえる。岳彦は、相手が見ているかどうかも分からないままに、覗き穴の前で頷《うなず》いてみせた。少しばかり待たせすぎなのではないかと思うくらいに時間がたったとき、ようやく鍵《かぎ》を開ける音がして、扉が細く開いた。だが、チェーンはかかったままだ。隙間《すきま》から、髪をひっつめにした、見覚えのない顔が覗いた。おまけに大きなサングラスまでしている。この夜更けに。しかも、室内で。

「今夜、お宅にお電話したんですが」

電話で聞いたのと同じ、ドスの利いた声が言った。岳彦は、自分も扉の隙間を覗き込むようにしながら「聞きました」と答えた。

「あの、優香子、さんの、従姉の方なんですか」

「――そうです。母親同士が、姉妹ですから」

顔立ちは、はっきりと分からない。とにかく浅黒い肌をしている。だが、声のイメージほど男っぽいわけでもなく、むしろ全体に華奢《きやしや》な雰囲気で、印象に残りにくい子どもっぽい顔のようにも思えた。

「たまに、空気を入れ換えに来るだけじゃ、なかったんですか」

「――今夜は、たまたま頼まれて。彼女、今地方に行ってるものですから」

「地方に。仕事ですか」

その従姉は「ええ」と頷き、「何か」と言った。岳彦は、出来るだけ愛想の良い笑顔を浮かべてみせた。

「一度、優香子さんの従姉という方に、お目にかかってみたかったんです」

従姉は、わずかに顔を上げ、岳彦をちらりと見て、「そうですか」と呟《つぶや》く。意外に薄い色のサングラスの奥の目は、何だか腫《は》れぼったくて小さいようだ。そして彼女は、またすぐに俯《うつむ》いてしまった。

「僕、優香子さんの肉親の方にお会いしたこと、ないもんですから。あんまり、似ていらっしゃらないんですね」

「——そうですか」

電話で話した通りの素気なさだ。それでも、岳彦は笑顔を崩さなかった。

「なんか、ごたごたが続いているっていう話でしたけど、大丈夫なんでしょうか」

「——だと、思います」

「どうして、連絡もくれないんでしょうか」

そこで、従姉は「さあ」と口ごもり、詳しい話は聞いていないのだと言った。岳彦は、今夜のところは、あっさりと引き下がるつもりだった。そう自分に言い聞かせながら、ここまで来たのだ。

「よろしく、伝えて下さい。僕は、元気だから、待っているからって」

優香子の従姉は、岳彦をまともに見ようともせずに、軽く会釈《えしゃく》をすると、そそくさと扉を閉めてしまった。岳彦が挨拶《あいさつ》の言葉をかける間もなく、カチリ、と鍵をかける音が聞こえてきた。岳彦は深々とため息をつき、その場を後にした。三月末の、心持ち冬の余韻を残した夜風に吹かれて歩きながら、まだ心臓がどきどきしていた。

——俺は、諦《あきら》めないからな。絶対に。

きっと、またここへ来よう。そして、彼女に喋《しゃべ》らせるのだ。絶対に、本当のことを聞き出してみせる。そう決心しながら、岳彦は肌寒い風に吹かれて歩いた。どこから か、沈丁花《じんちょうげ》の香りの漂う晩だった。

折からの年度替わりで、会社はてんてこまいの忙しさだった。三月も末になると、新入社員の研修があり、人事異動の辞令が下り、社内はますます慌《あわ》ただしくなった。仕事の合間に送別会の幹事を二つも任され、その上、休みの日にも、上司の引っ越しの手伝いや、ゴルフコンペのお供までさせられて、さすがの岳彦もばてるほどに忙しい日々が続いた。優香子のことは、片時も忘れたことはない。だが岳彦は、以前ほどには頻繁に、優香子の留守番電話にメッセージを残さなくなった。

——それで、俺の気持ちが離れたなんて、思わないでくれよな。俺だって、自分を試してるんだから。優香子と同じように。

　優香子だって耐えているに違いない。そう考えることにしたのだ。そして、ある程度の孤独にも耐えられるくらいにならなければ、ここで弱音を吐いていては、余計に彼女が遠ざかると自分に言い聞かせることにした。まるで、そうすることが優香子を取り戻す唯一《ゆいいつ》の方法だと信じているように、岳彦はひたすら社内と取引先との間を駆け回り、仕事に没頭した。

5

　四月に入って桜が咲き、またもや課内の花見の幹事をさせられて、その上、取引先の花見にまで顔を出しているうち、あっという間に桜は春の雨に散らされた。今年は、優香子と桜並木の下を歩こうと思っていたのに、そんな夢は、儚《はかな》く消え去ってしまっていた。

　やがて若葉が萌《も》え出し、少しでも動けば汗ばむ季節になった。新入社員の研修も、歓迎コンパもあらかた終わって、ようやく落ち着いた日々を過ごせるようになった頃、待ちに待ったチャンスが訪れた。上役たちの会議が長引いたお蔭《かげ》で、仕事の決定が下りず、珍しく定時で帰れることになったのだ。岳彦は、まず優香子の勤め先に電話を入れ、今日も間違いなく彼女が出社していることを確認すると、勇んで会社を飛び出した。

——今日こそ突き止めてやる。

電車を乗り継ぎながら、岳彦の心臓は次第に鼓動を速めていった。取りあえず、優香子のアパートのある駅まで行くと、まずは花屋に飛び込んで、とびきり大きな花束を注文した。その花束を抱えて、岳彦は弾むような歩調で暮れなずむ町を歩いた。

午後六時前、優香子のアパートに着いた。彼女は、定時で上がれても六時半過ぎにならなければ帰ってこないことは分かっている。道行く人に不思議そうな顔をされながらも、岳彦は上機嫌で、優香子を待つ時間を楽しんだ。こういう気持ちになることさえ、実に久しぶりのことだった。

やがて、辺りは薄い闇《やみ》に包まれ、街灯に明かりが灯《とも》る。どこからか、夕食の支度をするいい匂《にお》いが流れてきて、岳彦の胃袋を刺激した。今夜は、何時までても待つ決心をしている。そのためにも、菓子パンの一つも買っておけばよかっただろうかと、少しばかり不安になってきたとき、向こうから歩いてくる人影が目についた。淡い黄緑色のコートを着て、白い帽子を目深《まぶか》に被《かぶ》り、目にはサングラス、口には大きなマスクをしている。その背格好から、女だということくらいは分かるが、それ以外の特徴は、まるで分からないような姿だ。

片手にスーパーの袋を提げた、その異様な姿の人物は、俯きがちにこちらに向かって歩いてきた。徐々に近付いてくるにつれ、コートも帽子も、光沢のあるビニールのような素材で出来ているらしいことが分かってきた。

「優香子」

声をかけた瞬間、その人影は、びくりと肩を震わせて立ち止まった。岳彦は、花束を抱えたまま、彼女の前に進み出た。サングラスとマスクのせいで、まるで顔が分からない。

「——お間違えです」

低い声が答えた。

「じゃあ、優香子の従姉の方、ですか」

「あ、ああ——ええと、黒木さん、でしたっけ」

その人物は、慌てたようにそう言うと、急にサングラスをはめていることを確かめるように目元に手をやりながら、「驚いたわ」と呟く。岳彦は、花束を差し出しながら「いいんだよ、優香子」と柔らかく言った。

「何で、隠すの」

「――」

「俺のこと、本当にだまし果《おお》せると思ったのか?」

帽子を被った頭が、がっくりとうなだれた。岳彦の目の前に、白いビニール製の帽子の天辺《てっぺん》が見えた。それから、ぐすん、ぐすん、と鼻をすする音が聞こえてきた。

「――いけない」

ハスキーな声が呟いた。それから、彼女は「とにかく、どうぞ」と言いながら、足早にアパートの階段を上がっていく。岳彦は、花束を抱えたまま、黙って彼女に従った。扉の前に立つと、彼女はまず鍵を開けて、再び「どうぞ」と言った。そして、岳彦が彼女の脇《わき》をすり抜けた後、自分は手早くコートと帽子を脱ぎ始め、ドアの前でばたばたとはたいた。岳彦は、先にアパートに上がり込み、彼女が無事に扉を閉めるまでの一連の作業を、ただ見守っていた。激しいくしゃみが続けざまに出る。それから、さらに鼻をすする音。ようやく部屋に上がってくると、彼女はものも言わずに洗面所に走った。そうして、やっと岳彦の前に現れるまで、たっぷり十分程度は、彼女は慌ただしく動き続けた。

「――どうして、分かったの」

優香子は、それまで岳彦が知っていた彼女とは、とても同一人物とは思えないほどに違って見えた。素顔の上、両頬にはマスクの線が残っているし、鼻も目も、真っ赤に腫れ上がっている。それでも岳彦は、笑顔で花束を差し出した。

「簡単。声が変わってたって、口調までは変わってないからさ。留守電にメッセージを残すとき、『では、よろしくお願いします』って言うのは、優香子の癖だから。それで、会いに来て、はっきり分かった。いくら従姉だって、腕時計までお揃《そろ》いにするとは、思えないからね」

　岳彦は、いかにも絶望的な表情になっている優香子に肩をすくめてみせた。彼女は、心底落胆した様子で「そう」と呟くと、黙って視線を落とした。

「――とにかく、人一倍、ひどいのよ」

「花粉症だったら、そう言ってくれればいいじゃないか」

「だって――」

　言いながら、また鼻水が出てきている。優香子は、苛立《いらだ》たしそうにティッシュの箱に手を伸ばし、この際、恥も外聞もないといった様子で、思いきり鼻をかんだ。

「あの日、急に症状が出始めたの。そろそろかなあとは、思ってたんだけど。今年は、特に花粉が多いっていうから、本当に、怖かったのよ。だって、そのときが来たら

――」

またティッシュ・タイム。岳彦は、自分が花粉症ではないから、その気持ちになってやることは出来ない。ただ、周囲にも少なくない花粉症の人たちの、その苦労については、よく聞かされている。見たところ、確かに優香子の花粉症は、中でもとびきりひどいようだ。

「それで、あっという間に声も、こんな。お化粧なんか、とんでもないわ。くしゃみ、鼻水、目のかゆみ――毎年毎年、これが五月くらいまで続くのよ」

「たいへんだなあ」

そこで、優香子は初めて岳彦を見た。目の腫れが退いても、素顔になった彼女はやはり、岳彦の知っている優香子とは違う顔に見えるかも知れないとは、正直なところ思う。

「前の彼にね、この顔を見られたの」

花粉症のせいばかりとは思えないほどに、優香子の瞳《ひとみ》は潤《うる》んでいた。

「そして、言われたわ。『何だ、詐欺《さぎ》みたいなもんだな』って」

岳彦は、思わず眉《まゆ》をひそめ、彼女を見つめた。優香子の口元には、諦めたように自《じ》嘲《ちょう》的な笑みが浮かび、やがて、すぐ消えた。

「こっちだって必死なのよ。頭はぼんやりして、集中力なんか、何もなくなっちゃうし、くしゃみが止まらなくて、夜も眠れないときがあるわ。もう、このまま死にたいと思うくらいに、苦しいの。それなのに、彼は、そう言った——失礼」

言いながら、またティッシュに手が伸びる。岳彦の職場にも、重い花粉症の人間がいる。周囲の者は、気の毒がりながらもつい笑っているが、当の本人は鼻の穴にまでティッシュを詰めて、必死の形相で日々を過ごしていた。どんなにダンディーを決め込んでいる男でも、その姿ときたら、情けないのひと言だ。だが、それこそが花粉症の症状の、最悪な点だと思う。人のプライドまで突き崩す、落ち着いた日々を過ごせなくさせる、それが、もっとも辛《つら》いだろうと岳彦は思っている。ましてや、女性の場合にはなおさらだ。

「——彼は、お化粧して、落ち着いているときの私だけが好きだったのよね。こんなガラガラ声の、目も鼻も腫れて、どこに行こうにも、山のようにティッシュを持って歩かなきゃならないような女は、嫌だったんでしょう」

「俺は、違うよ！」

岳彦は慌てて身を乗り出した。だが、それをドスの利《き》いた「嘘《うそ》っ」という声が押さえ込んだ。

「岳彦くんだって、嫌なはずよ。私だって、自分で自分が嫌になるくらいなんだから。そうでなくたって、ただでさえ顔色は悪いし、ぼんやりとして、私の顔って——失礼」

「だけど、それが君の顔だろう?」

「——そうよ! でも、自分でも素顔が嫌いだから、私はいつでもきちんとお化粧していなきゃ気が済まないし、ましてや他の人になんか——ちょっと、待ってね——もう、嫌になっちゃう」

優香子の顔は、やがて涙と鼻水でぐずぐずになっていった。これでは、とてもシリアスな会話にはなりそうもない。申し訳ないと思いながら、岳彦はつい声を出して笑ってしまった。優香子は「何よ」と言いながら、また鼻をかんでいる。本気で泣いているのか、花粉症のせいかも分からない。

「だからって、あんな下手な芝居することたあ、ないじゃないかよ」

優香子は、腫《は》れた目で岳彦を睨《にら》み、「だって」と鼻をかむ。隣の屑《くず》かごには、瞬《また》く間にティッシュの山が出来た。岳彦は、とにかく片時も休まずに手を動かしていなければならない様子の優香子を、ただ気の毒な思いで見つめていた。代わってやれるものなら、自分が代わってやりたいくらいだ。

「だって、岳彦くんは、私よりも四歳も若くて、こんな、ぐしゃぐしゃの顔になっているおばさんなんかと――」

こりゃあ、花束なんぞ買わずに、ティッシュの束を買ってくるべきだったなと考えながら、岳彦は、憤然とした表情の優香子の前で、声を出して笑っていた。

「笑わないでよ、こっちは必死なんだから」

「分かってるって。ああ、よかった。俺が嫌われたわけじゃ、なかったんだもんな」

「――当たり前よ」

何を話していても、とてもロマンチックな雰囲気にはなりそうにない。それでも、岳彦は満足だった。思わず彼女の腕を引き寄せると、優香子は頼りないほど簡単に岳彦の胸に顔を寄せてきた。

「俺は、大丈夫だよ。優香子のために、毎日だってティッシュを買ってきてやるよ」

「岳彦くん――」

そこで、優香子はくしゃみを連発し始めた。岳彦は「よしよし」と言いながら、彼女の背中を撫《な》でていた。

「駄目だわ。私は花粉を払って入ってきたけど、岳彦くんの服に、いっぱいついてるんだものね」

くしゃみを繰り返しながら、優香子は涙を流して言った。岳彦は「ごめん」と言い、慌《あわ》てて部屋の外に出て、全身をはたき始めた。はたきながら、来年か再来年には必ず経験しなければならない転勤に際しては、北海道か沖縄に希望を出すのもよいかも知れないと考えていた。あっちならば、花粉症がないという話を聞いている。そういう土地に行くと決まれば、それをプロポーズの言葉に出来そうだ。この際、花粉症に、それくらいは役に立ってもらおうと思いながら、岳彦は、ぱんぱんと威勢のよい音をたてて、服をはたき続けた。五月の夜の風は、早くも微《かす》かに夏の匂いを含んで感じられた。

はびこる思い出

I

山積みになったピーマンの中から、色つやの良いものを選《よ》っていると、「なあ」という声がした。美加子は、手元のピーマンから目を離さずに「うん？」と答えた。

「美加子って、料理、習ったことあるの？」

今度は、美加子は振り返って声の主を見た。大きなショッピングカートを押しながら、美加子の隣に立っている聖吾《せいご》は、スーツを脱いで普段着になると、未《いま》だに学生のように見える。

「ないわよ、どうして？」

「この前、課長に聞かれたんだ。『瀬川くんの奥さんは、料理を習っていたことでもあるのかい』って」

美加子は、選り出したピーマンを聖吾の押すカートに移しながら「あら、そう」と微笑《ほほえ》んだ。聖吾の会社の連中が、連れだって美加子たちの新居に押しかけてきたのは、つい先週のことだ。

「なんか、えらく感激してたんだよな。若いのに珍しく手際《てぎわ》はいいし、味はいいし、盛りつけもなかなかのものだとか言って」

「そんなことないと思うけど。普通でしょう？」

美加子は、わずかに顎《あご》を引いて、上目遣いに夫を見た。だが聖吾は肩をすくめて
「そうでもないみたいだ」と言う。

「山下先輩だって言ってたよ。君の漬け物を食って感激したらしいんだな。あそこのかみさんは美加子より年上だけど、漬け物なんて買ってくるだけだし、晩飯のおかずだって、いつも一品だけなんだって」

夫の言葉に、美加子は「そうなの？」と目を丸くした。

「いくつなの、その人」

「三十二かな。先輩と同い年だっていうから」

「私より四つも上」

「見た目は若いけどね。最初は、俺らと同い年くらいかと思ったくらいだもん」

「二十代に？　へえ、うらやましい」

「若く見えたって、美加子よりオバサンであることは確かだよ。きっと、苦労知らず

で育ったんだろうな」

聖吾は、大して興味もなさそうな表情で、それでも山下という、職場でいちばん親しくしている先輩社員の女房の話をしてくれた。若い女子社員にも、それなりに人気があった先輩だが、結局は学生時代からの恋人との腐れ縁が切れなかったという。

「まあ、見た目と一緒で中身もガキなのかも知れないけどさ。和食なんか好きじゃなくて、魚も焼かないんだと。でかいピザを一枚だけ取り寄せておしまいってことも、珍しくないらしいよ」

「いくら見た目が若くたって、ある程度、一人暮らしの経験でもあれば、それなりにお料理だって上手になるものだと思うけど」

美加子が小首を傾《かし》げて言うと、聖吾は、それは人それぞれで違うのだろうと笑った。

「だからさ、皆にやっかまれたんだ。課長だって、家では、そんなに大切にされてないみたいだしさ。ガキの食べ物ばっかりで、大人の料理が出ないんだって」

「子どもがいれば、どうしても子どもの好みに合わせるようになっちゃうんじゃない?」

「そうかなあ。いつかは、美加子もそうなる?」

「どうかしら」

答えながら、美加子は聖吾と顔を見合わせ、互いに照れたような微笑みを交わした。その一方では、これは、最初からサービスしすぎだったろうかと考えていた。

「まあ、俺だって、美加子がこんなに料理が上手だとは、思ってなかったもんな。どっちかっていったら、レトルトのカレーとかスパゲティなんか、出てきそうなタイプかなあなんて、思ってた」

確かに、結婚前の美加子は、聖吾にろくな手料理を食べさせたことがなかった。男の気持ちを摑《つか》みたいと思ったら、手料理を食べさせるのがいちばんだということくらい、知らないわけではなかったが、食べ物などにつられて結婚を決意してもらったのでは困ると確信していたからだ。家政婦ではない。母親代わりでもないのだ。美加子自身を望んでもらうのでなければ困る。

「だから俺なんか、全然期待してなかった分、すげえ得した気分だったんだけどね、会社の連中まで驚かすくらいなんだから、やっぱり美加子の料理の腕って、すごいんだよな」

「私は、自分が食べることが好きなだけなのよ」

「だから、いいんだよ。楽しそうに作ってくれるから。それに、課長みたいな中年の親父《おやじ》が好みそうなものまで、ちゃんと分かってるんだもんな。親父やおふくろが生きてたら、大喜びしたと思うよ」

自分としては不自然ではないつもりだったのだが、まさか、そんな感想まで聞くことになるとは思っていなかった。今度からはもう少し気をつけようか。だが、聖吾は無邪気に喜んでいるのだし、大して気にすることでもないだろうと自分に言い聞かせ、美加子は聖吾の押すカートを食材で満たしていった。

「あれ、本降りになってるな」

山ほどの荷物を提げて店を出ると、ここに着いた頃にはポツポツと落ちている程度だった雨足が強くなっていた。聖吾は、美加子に「待ってろ」と言い残し、自分だけ雨の中を駆け出した。やがて、車のトランクに入れてあった傘をさして戻ってくる。美加子は微笑みながら夫の腕に摑まった。

「あとは、お家《うち》でゆっくりしようね」

聖吾を見上げながら、美加子は甘えた声を出した。彼も、機嫌の良さそうな横顔を見せながら頷《うなず》く。今年の梅雨は、本当に雨が多い。こんな週末は、夫婦水入らずで、家でビデオでも見て過ごすのがいちばんだ。

「でも、少しは動かないと、晩飯まで腹が減らないと困るからなあ」

「じゃあ、お風呂《ふろ》の掃除してくれる？　ほら、シャワーカーテンにカビが生え始めてるでしょう」

「じゃあホームセンターにも寄って、洗剤とか、雑貨も買ってくか」

新居の傍に、あまり充実した店がないせいもあって、美加子たちはこの町に越してきて以来、週末ごとに夫婦で車に乗り、少し離れたバイパス沿いにある大型スーパーやホームセンターに買い物に来る。夫婦二人だけの暮らしだから、週に一度の買い物でも、そう毎回大量に買い込むことはないのだが、それでも夫と連れだってドライブがてらに買い物に来るのは楽しかった。

――こんなのが、夢だった。

走り出した車の中で、左右に雨を散らすワイパーを眺めながら、美加子は深々と息を吐き出した。後ろのシートには買い物の山、ハンドルを握るのは、若々しくて優しく、働き者で、将来を嘱望されている夫。そして、これから美加子たちは、この春に引っ越したばかりのマンションに戻る。新築ではないが、それでもなかなか住み心地のよい、2LDKの我が家だ。

「風呂場に窓がないっていうのが、よくないんだな」

家に戻ると、聖吾はさっそく風呂場の掃除を始めた。タオルを覆面のように顔に巻いて、カビ取り用の洗剤を使いながら、彼は台所にいる美加子に向かって大声で話しかけてくる。

「普段から、換気扇を回しっぱなしにしてた方が、いいよ！」

「ドアは、いつでも開けてるのよ！　換気扇を回しっぱなしにしてたんじゃあ、電気代がもったいないものっ」

枝豆を枝から切り離しながら、美加子も大声で返事をした。すると「倹約家だね」という声が、すぐ後ろから聞こえた。驚いて振り向けば、頭に洗面器を被《かぶ》って、覆面タオルを巻いたままの聖吾が立っている。塩素系の洗剤から身を守るために、完全武装しているのだ。美加子は、その滑稽《こっけい》な姿に声を出して笑った。

「全共闘みたい」

聖吾は、洗面器とタオルの間からのぞかせている目を、一瞬大きく見開き、それから「古いなあ」とその目を細めた。

「それにしても、カビの繁殖力っていうのは、すごいもんだな。壁にも天井にも、黒いのがポツポツと出始めてたし、あのシャワーカーテンだって、俺、確か先々週も掃除したよ」

「これだけ雨が続けばねえ」

再び枝豆に目を戻しながら、美加子もため息をついてみせた。布団《ふとん》も洗濯物も、日の下に干せない日が続いている。乾燥機を使ってはいるものの、やはり、ぱりっとした感触が恋しかった。

「鉄筋の建物っていうのは、案外湿気が強いっていうけど、本当だな!」

再び、浴室と台所とで、大声のやりとりが始まる。

「引っ越してきたときには、気がつかなかったじゃない?」

「あの頃は、季節がよかったからさ!」

「こんなお天気が続いてたら、窓を開けたって、余計に湿気《しけ》るだけだものねえっ」

やがて、美加子は夕食の下拵《したごしら》えを終え、聖吾は浴室に続いてトイレの掃除まで終えて、二人はテレビの前に座った。大して面白い番組もなかったが、取りあえずテレビのスイッチを入れて、今度は、美加子はアイロンをかけ始める。聖吾の方は、買ったままで、ゆっくりと読む暇もなかったアウトドア雑誌のページを開いた。いかにもゆったりとした、雨の休日だった。

2

少しすると、聖吾はコーヒーを淹《い》れてくれた。美加子は、アイロンをかける手を休め、夫との他愛《たわい》ない会話を楽しみながら、熱いコーヒーとともにクッキーを二、三枚食べた。

「梅雨が明けて夏になったら、どこかに行きたいわね」

「どこかって？」

「どこでもいいけど――のんびり出来るようなところ」

何しろ、聖吾の仕事の都合と、少しでも多くの頭金を支払ってローンの返済を楽にするために、美加子たちは二人きりのささやかな結婚式の他には新婚旅行もしなかった。

「五月の連休だって、結局はどこにも行かなかったし」

それは、人混みの嫌いな美加子も納得してのことだったが、春にこの町に来て以来、どこへも連れていってもらっていないというのもやはり淋《さび》しい気がすると言うと、聖吾はようやく読みかけの雑誌から目を離した。

「キャンプに行こうか」

「どこへ？」

「どこだっていいさ。海だって、山だって。気持ちいいぜ。空の下で料理をして、星を眺めながら眠って」

「でも、道具を揃《そろ》えるのが大変じゃない？　結局は、普通の旅行よりも高くつくようになるんじゃないかしら」

それに、家から離れてまで料理をするのは、どうも気が進まないと言おうとすると、だが夫は、膝《ひざ》の上に広げていた雑誌を脇《わき》に押しやり、まるで子どものように瞳《ひとみ》を輝かせて、身を乗り出してきた。

「道具だったら、大体は揃ってるんだって。俺、今みたいに忙しくなる前は、結構、行ってたんだから」

言うが早いか、彼は勢いよく立ち上がった。美加子がぽかんと見上げている間に、彼は、ゆくゆくは子ども部屋になるねと話し合っている洋間に向かった。現在のところは客間として使用している部屋の、押し入れや作りつけのクローゼットには、引っ越したときのまま、まだ梱包《こんぽう》も解いていない荷物がいくつか詰め込んである。そういえば、確かにテントや寝袋らしい物が、その荷物の中に混ざっていたような気もする。美加子は少しの間、コーヒーを飲みながら、聖吾が何か言ってくるのを待ったが、やがて再びアイロンをかけ始めた。

「あった？」

いつまでも戻ってこないから、美加子はまた大きな声を上げた。

「あった、あった！」

「使えそう？」

「ばっちりだ！」

声だけは返ってくるが、本人は一向に戻ってこない。美加子は、面白くないテレビを眺めながら、黙々とアイロンをかけ続けた。飲んだばかりのコーヒーが、もう汗になって出てくる気がする。まったく、これから暑い季節になると、アイロンかけはひと仕事だ。しかも、最近では前屈《まえかが》みの姿勢を続けていると、腰や背中が疲れてくる。

「ねえ、どうしたの？」

「まだ、他の箱も探してるんだよ！」

美加子は「そう！」と答え、またアイロンを動かした。十分たっても二十分たっても、聖吾は戻ってこない。美加子は、最後のハンカチにアイロンをかけ終え、ようやく、ゆっくりと背を伸ばした。振り返って耳を澄ませてみるが、何か探しているにしては、妙に静かだ。「よいしょ」と小さくかけ声をかけて立ち上がり、美加子は客間に向かった。そっと覗《のぞ》いてみると、この天気のせいで、夕方でもないのに薄暗く、何となく陰気臭く感じられる部屋の中ほどで、梱包を解いた荷物に囲まれてうずくまる夫の背中が見えた。

「――どうしたの？　見つからない？」

美加子が声をかけると、聖吾は慌《あわ》てたように振り返り「ああ、いや」と言った。その顔は、さっきまでの上機嫌な表情とは打って変わって、何とも沈鬱《ちんうつ》なものになっている。彼の脇には、確かに寝袋らしい物が転がっていた。

「あることは、あったんだけどさ――」

言いながら、聖吾は再び姿勢を戻してしまった。

「何よ、どうしたの？」

美加子は、散らばった荷物を踏み越えて夫に近付き、彼の後ろから前を覗き込んだ。その途端、一個の段ボール箱が彼の前に広げられているのが目に入った。美加子が横に回り込むと、夫は、床の上に広げている物を、すっと差し出した。

「――それ――」

アルバムらしいことは、見て分かる。だが、厚手の台紙を透明のシートで覆《おお》うタイプのアルバムは、そのシートがぶかぶかに浮き上がり、表面は白く曇ってしまって、挟まっている写真も判別出来ないほどに変質していた。

「ひどいもんだ。この中身、全部」

聖吾は、いかにも痛ましげな表情で、段ボール箱を顎《あご》で示した。アルバムが入っていた段ボール箱の中の荷物は、何もかもが所々に薄黄色や薄緑の混ざった、白い粉のようなものに覆われていた。それでも、それらの輪郭から、美加子の荷物であることは一目で分かった。

「カビに、やられたんだ――」

美加子は、手を触れるのも躊躇《ためら》われるような荷物を覗き込み、再び聖吾の手元のアルバムを見つめた。聖吾が、台紙の角に指をあて、ゆっくりと台紙をめくってくれる。どのページも同様に、見事なほどにシートが波打ち、浮き上がり、そのシートに挟み込んだ写真の表面だけが部分的に貼《は》りついている。無理にシートをめくっても、そこに見えるのは表面の剥《は》がれた哀れな四角い紙切ればかりという具合だった。

「――こんなものに、カビが生えるの」

「俺も、初めて見た。箱全体が、持ったときに何となく湿っぽい感じだったから、何かと思って開けてみたら、こうなってた」

「――――」

美加子は、聖吾のめくるアルバムを虚《むな》しく見つめ、それからカビだらけの段ボール箱を改めて眺めた。

「これ、思い出の物ばかりを入れてある箱だったの。すぐに使う必要もない物ばかりだから、そのうち、懐《なつ》かしくなったら開こうかと思ってたのに」

「これも、大切な、アルバムなんだろう?」

聖吾が何とも言えないという表情でこちらを見る。美加子は、夫とアルバムとを見比べて「そりゃあね」と頷《うなず》いた。

小さな宝石箱や、革細工の小物、古い腕時計やブリキの玩具《おもちゃ》、それに昔使っていたベルトやビニール製の小銭入れなど、他の人にはがらくたでも、美加子にとっては一つ一つが思い出につながる品物ばかりが、見るも無惨《むざん》な有り様になっている。

「他の物は、何とかなると思うんだ。だけど、このアルバムは――」

いかにも痛ましげに言われて、美加子は深々とため息をつくことしか出来なかった。

「――仕方がないわ」

そして、聖吾を見て、弱々しく微笑《ほほえ》んだ。

「悲しいけど、諦《あきら》めるより他に、ないものね」

聖吾は、美加子以上に傷ついたような表情で、黙って美加子を見つめている。美加子は、もう一度ため息をついた。

「残念だけど――もう、こんなになっちゃってたら、どうしようもないもの。大切なアルバムを、箱の中に入れっぱなしにしていた私が、いけないのよね」

天気の良い日ならば、午後から陽が入り込む部屋だった。だが、こんな天気では、いかにも陰気臭くて、目の前の箱を開けた瞬間から、カビの胞子が無数に舞い飛んでいるような気にさせられる。

「他の物は、大丈夫だったかしら」

「ああ、開けてみたけど、他は、何ともないみたいだった」

それだけを聞くと、美加子はゆっくりと頷いて立ち上がった。

「さて、じゃあ、そろそろ夕御飯の支度を始めなきゃ。今日はね、串《くし》カツよ、好きでしょう？」

背中で聖吾の返事を聞き、キッチンに戻ると、美加子は枝豆を茹《ゆ》でるために鍋《なべ》を火にかけ、しばらくの間、ぼんやりとしていた。沸騰《ふっとう》した湯に、枝から切り離した枝豆を落とす頃、聖吾が隣に立った。美加子は、片手にザルを持ったまま、諦めた微笑みを浮かべて、夫を見上げた。

「あのアルバムに貼ってあったはずの写真がね、何枚も、頭の中にくるくると浮かんでくるの」

「――――」

「何かを失ったと知ったときには、いつでもこんな気分になるものね」

「いつでも?」

「何となく、時間が逆流しちゃって、それこそ、このお湯の中で躍ってる枝豆みたい。悲しいとか、悔しいとか、そんな言葉じゃ言い表せない、やるせない気持ち、切ない気持ちになるのよね。私、あなたと結婚して、もう二度と、こんな気持ちになんかならないと思ってた——ちょっと、びっくりしちゃった」

「美加子——」

枝豆の茹で上がりを確かめると、美加子は気を取り直すように「よいしょ」と声をかけ、流しに用意したザルに向けて、勢いよく鍋を傾けた。鮮やかな色合いの枝豆がごとごととザルに落ち、もうもうと湯気が立ち昇った。

「平気よ、いいの。さあ、枝豆が茹で上がった。ビールでも飲む?」

見上げれば、やはりそこには、打ちひしがれた表情の聖吾の顔があった。美加子は、そんな夫の腕を軽く叩《たた》いてやり、冷蔵庫からビールを取り出した。栓を抜き、グラスに注ぐ間も、聖吾は黙ったままだった。

3

今年の梅雨は、文字通り、梅雨らしい梅雨だった。満足に傘を干す暇もないほどに、しとしとと雨が降り続き、あまりにも何の変化もない、すっかり沈滞した雰囲気の毎日に、七月に入る頃には、さすがの美加子も退屈し始めた。

――それも、贅沢《ぜいたく》か。

ついこの前の春、結婚前までは毎日、疲れ果てて布団《ふとん》に倒れ込むような生活を続けていたのだ。聖吾と知り合わなければ、今だって同じ日々が続いていたことだろう。そう考えれば、退屈などと言っては罰が当たる。同じ忍耐でも、多少の退屈に耐えるのと、働き詰めに働くのとでは雲泥《うんでい》の差がある。少なくとも美加子は、退屈な方がずっと好きだった。第一これは、美加子自身が望んだ生活なのだ。

それでも時々は、暇に飽かせて余計なことまで考えてしまう。ことに、あのアルバムの一件があってからは、いくら平静を保とうとしても、思い出すその度に、美加子は胸をかきむしられるような気持ちになった。取り返しのつかないことをしてしまったと思う。後悔しても仕方がない、また、後悔しているわけでもなかったが、何ともやるせない気持ちになるのだ。

「美加子、美加子！」

七月に入って間もなくだった。いつもよりもかなり早い時間に、聖吾が息せききって帰ってきた。鞄《かばん》の他に紙袋を提げて、額から汗を滴《したた》らせている。

「すごい汗。先に、お風呂《ふろ》に入ったら？　すぐ、御飯の用意も出来るから」

エアコンの風を「強」に切り替えながら美加子が言うと、彼はもどかしげに上着を脱ぎ捨て、ネクタイを緩めながら美加子の手を摑《つか》んだ。

「それより、ちょっと」

彼は、いつになく表情を輝かせて、美加子をソファーに座らせようとする。鍋を火にかけてあるのだと言うと、夫は慌てたようにキッチンに行き、自分でガスの火を止めて、急いで戻ってきた。美加子は、そんな彼を目で追いながら「どうしたのよ」と言った。

「これ」

ようやく自分もソファーに腰掛けた聖吾は、提げてきた紙袋から、四センチほどの厚さの、正方形に近い箱を取り出した。開けてみろと言われて、素直に箱を開けると、中には見かけない表紙のアルバムが入っている。美加子は小首を傾《かし》げながら、ハンカチで汗を拭《ぬぐ》っている聖吾とアルバムを見比べた。

「見てみて」

笑顔で言われて、アルバムを開いた美加子は、思わず息を呑《の》んだ。そこに、見覚えのある写真が貼られていたのだ。あの、カビだらけになってしまったアルバムに貼られていたはずの写真が、新品同様になって、見事に再生されていた。

「――捨ててくれたんじゃ、なかったの」

「そんなに簡単に捨てられるはずがないだろう？ 美加子の大切な思い出を」

美加子は信じられない思いで、すべてのページをめくった。確かに間違いなく、一枚一枚の写真が、あのアルバムに貼られていたものだ。

「傷《いた》みの激しいのは、さすがに無理だった。だけど、何もかもがなくなるより、いいと思ってさ」

聖吾は、あのアルバムを見つけた翌週、さっそく方々の写真店を回ったのだと話してくれた。一枚でもよいから、修理か、再生か、可能な限り、写真を蘇《よみがえ》らせてくれるところを探して、ようやく一軒の写真店が「駄目でもともと」という条件で、引き受けてくれたのだという。

「カビの生え方だって、むらがあるだろう？ 美加子は、気味も悪かっただろうし、ショックを受けてたから、ちゃんと見なかっただろうけど、案外、何とかなりそうなやつも混ざってたんだよ。それでね」

　夫の説明を、美加子は目を潤《うる》ませながら聞いた。やはり、思った通りの人だった。彼は、美加子の心の痛みを、自分のことのように感じられる人なのだ。写真が再生されたことよりも、その実感が美加子の心を打った。

「諦めてたのよ、本当に。これからまた、あなたと一緒に、たくさんの写真を残していかれれば、それでいいって」

「俺にはまだ兄弟が生きてるからいいけど、美加子は、俺以外には誰もいないんじゃないか。ただでさえ、前に住んでたアパートが火事になったときに、大部分のものはなくしてるんだろう？　自分の写真だって、ほとんどないくせに」

「それでも、少しはあるわ。もう一冊、アルバムは他にもあるんだし、あれは、仕方がなかったんだって思えば——」

「血を分けた両親や、身内の人の写真が、そう簡単に諦められるはずがないっていうことは、俺がいちばんよく分かるんだよ」

　聖吾の言葉に、美加子は思わず涙を流した。お互い、既に両親も喪《うしな》って、似たような境遇だというのが、二人を結びつけた大きなきっかけだった。年齢の割にはしっかりしているというのが、お互いが相手に抱いた第一印象だったし、その理由が分かったときに、聖吾は二人の間に運命を感じたのだと言っていたことがある。

「俺だって、君の思い出には興味があるからね。でも、勝手にプライバシーを覗《のぞ》いちゃ悪いと思って、ちゃんと見てはいないんだ」

「じゃあ、一緒に見てくれる？　ああ、先にお風呂に入ってきて。私、急いで支度しちゃうから。とにかくひと息ついて、それから」

汗を吸って湿っているワイシャツの背を押しながら、美加子は「大好き」と囁《ささや》いた。聖吾は、くるりと振り向いて、心から嬉《うれ》しそうな笑顔になり、「俺も」と美加子に軽くキスをした。彼を浴室まで見送ると、美加子は急いでアルバムの前に戻り、改めて写真をぱらぱらと見た上で、キッチンに行った。

――こうでなくっちゃ。そうよ、私は信じる。自分の運を。

浴室からは、呑気《のんき》な鼻歌が聞こえてくる。それに合わせて、美加子もキッチンで小さくハミングをした。ふと、そういえば最近はカラオケにも行っていないなと思ったが、そんなことは、もうどうでもよかった。どうせ、よい思い出には行き当たらないのだ。

向かい合って夕食をとり終えた後、美加子たちはさっそくアルバムを開いた。再生されたものは、元の量の三分の一程度だと思う。その一枚一枚について、美加子は丁寧に説明をし、その頃の思い出を語った。幼い頃のこと、両親のことなどを話して聞かせる間、聖吾はいちいち「へえ」と満足そうに頷いた。

「美加子が写ってるのは、ないんだね」

「あれは、家族のアルバムだったのよ。この辺の写真は全部、祖父のカメラで撮ったはずなの。古い、こう上から覗くような」

「ああ、二眼レフのカメラだ。なるほど、それでか」

ビールに続いて、珍しく水割りまで飲み始めた聖吾は、赤くなった顔で機嫌良さそうに写真を眺めている。美加子は、夫の顔とアルバムを見比べながら、熱心に様々な思い出を語った。やがて、一枚の写真にたどり着くと、聖吾が「あれ」と言った。

「これ、美加子？」

それは、小太りで色白の男の横で、真顔で赤ん坊を抱いている女の写真だった。

「――じゃ、ないよなあ」

「叔母なの。母の、いちばん下の妹」

「そうだよなあ、赤ん坊なんか抱いてるし、まあ第一、ずいぶん前の写真ていう感じだもんなあ」

美加子は微《かす》かに声をたてて笑った。

「似てるでしょう？　私、母よりもこの叔母に似てるって、よく言われたわ。歳《とし》も十歳くらいしか離れてなかったから、よく姉妹と間違われたのよ」

美加子が説明している間、聖吾は「へえ」と身を乗り出して、しげしげと写真を眺めている。美加子も、しみじみとその写真を眺めた。まるまると太って、ふっくらとした頰の赤ん坊は、表情のない母親とは対照的に、いかにも幸せそうに笑っている。

「今は？　どうしてるの」

聖吾の、わずかに酔った目に見つめられて、美加子は思わず視線を外しながら「さあ」と首を傾げた。

「今は、まるで連絡してないわ。この、叔母のご主人ていう人が、難しい人みたいで。向こうの親と同居してるし、色々と苦労してるらしくて、そういう姿を人に見せたくないみたいなのね」

「それで、結婚式にも呼ばなかったのか。叔母さんがいるんなら、せめて――」

「だって、もう何年もお付き合いしてないし、そんなところに呼んだら、かえって迷惑だと思って。あなたのお兄さんだって来られなかったし、あのときは、とにかく二人だけでって決めたじゃない？　私は――大好きな叔母だったんだけどね。この写真は、私が小学校の五、六年生の頃だったと思うけど」

ふんふんと頷《うなず》きながら、聖吾はアルバムのページをめくる。今度は、四、五歳に成長した娘を抱いている叔母が写っていた。さっきの写真と違って、わずかに笑っているが、目のあたりに疲れがたまっていて、決して自然な笑顔とは言いがたいものだ。

「この頃で、そうねえ——二十五か六、くらいだったんじゃないかしら」

「それにしちゃあ、老《ふ》けてるな」

「——苦労、してたんじゃない？　たまに送ってくる写真が、そんなだったから、皆、結構心配してたんだけど。結局、よその家に嫁いだ人に、あれこれ言うことも出来なくて、かえって悲しい思いをさせるだろうし」

アルバムの中で、叔母は瞬《また》く間に老けていった。写真が減ったせいもあるが、そればかりではないらしい雰囲気が伝わってくる。実際、早く老けたのだ。どう見ても、満ち足りた生活を送っているとは思えない、常に不満を抱えて見える女が、徐々に髪型を変え、化粧を濃くしていくのを見るのは、嫌なものだった。

「この子も、美加子に似てるよな。母親が似てるんだから、当たり前だろうけど」

アルバムの最後に貼《は》られているのが、叔母の娘の、中学の入学式の記念写真だった。よかった、この写真は無事だったのかと思いながら、美加子は切ない気持ちで写真を眺めた。

「明日香《あすか》っていうの。この頃に私、一度だけ会ったことがあるわ。あの子も、私が叔母と似てるんで、びっくりしてた。すぐに打ち解けたんだけど、やっぱり母親の苦労は見てるみたいで、お父さんは嫌いだって言ってた――」

ため息をつきながら話す隣で、聖吾は早くも大きな欠伸《あくび》をし始めている。人が一生懸命に話しているのにと思ったが、美加子は「眠くなっちゃった？」と微笑《ほほえ》んだ。喧《けん》嘩《か》は好きではない。第一、こんな風に写真を再生させてくれた優しい夫に、少々のことで突っかかるのは、申し訳ない。

「残った身内は、大切にしなきゃ、な」

目をとろりとさせながら、聖吾はゆっくりと呟《つぶや》き、ソファーの上にごろりと転がる。

「でも、安心したよ。美加子にも、肉親がいるんじゃないか。その気になれば、付き合うことだって――出来るさ」

美加子は、早くも目をつぶっている聖吾の腕に手を触れながら「そうかしら」と囁いた。聖吾は、黙ったまま頷いている。手を握ると、暖かい手がしっかりと握り返してきた。だが、すぐに力が抜けていく。

「連絡、してみようかな」

「ああ——分かってるんだろう？　住所とか」

「——昔と変わってなかったらね」

「してみると、いいよ。連絡、な」

やがて、軽い鼾《いびき》が聞こえ始める。子どものような寝顔で、軽く唇を開いたまま、聖吾は眠ってしまった。美加子は、彼の腹にそっとタオルケットをかけてやると、今度は一人でアルバムに見入り始めた。いくら眺めていても、見飽きるということがない。それどころか、すっかり忘れていた光景までが、実に鮮明に思い出されてくるのだ。これまで、自分の内に無理に閉じ込めておいた様々な感情が、一気に止めどもなく溢《あふ》れ出てくるようだった。

——後戻りは出来ない。前進することだけ、考えるのよ。

そう自分に言い聞かせながら、美加子はその夜、いつまでも寝つかれなかった。

4

翌週の末、例によって夫婦でスーパーへ買い物に行く途中の車の中で、美加子は叔母の消息を尋ねてみたと報告した。聖吾は「何だ」と言い、美加子が何も言わないから、まだ捜していないのかと思っていたと続けた。

「捜すのに、少し時間がかかったの。それに、あなた今週は、ずっと帰りが遅かったでしょう？　疲れて帰ってきて、あまり楽しくない話を聞かされるのも、どうかなあと思って」

助手席から覗き込むと、夫はわずかに眉《まゆ》をひそめて、ちらちらとこちらを見た。

「楽しくない話って？　どうだったんだよ」

「――昔、教えられてた番号に電話したらね、最初は『いません』としか言ってもらえなかったのよ。もう、その段階で嫌な予感がしたわ」

車窓の外には、すっかり見慣れた感のある風景が流れていく。最近、いつも行くスーパーよりも少し手前に、新しい大型店舗を建てているのを発見した。何の店になるのかは分からないが、開店したら一度は行ってみようねと、夫婦で話し合っている。だが今日は、そういう話をしている場合ではなかった。

「電話に出たのは、老人の声だったの。多分、叔母のお姑《しゅうとめ》さんあたりじゃないかと思うんだけど、私が『姪《めい》の美加子です』って言っても、空とぼけた声で『姪？　誰のですか』なんて言うんだから」

「惚《ぼ》けてるんじゃないのか」

「まさか。しっかりしたものだったわ。そういう人たちなのよ。前に叔母が言ってたもの」

それでも食い下がって、何とか叔母と話がしたいのだがと頼むと、電話は代わったものの、今度は男の声が聞こえてきた。口振りからして、叔母の夫だろうと察しをつけて挨拶《あいさつ》をすると、相手はようやく思い出した様子で、「ああ」と答えた。ところが、やはり叔母はいないと言う。よくよく聞いてみると、三年ほど前に、出ていってもらったという話だった――美加子がそれらの説明をする間、聖吾は眉をひそめたままで、ハンドルを握りながら、重々しい相槌《あいづち》を打ち続けていた。

「私が、あれこれと理由を聞いても仕方がないから、とにかく叔母の連絡先を聞いたの。そうしたら、教わった場所にも、もういなくて、次々に連絡先が変わっててね――」

結局のところ、叔母の行方は途絶えてしまっていた。

「何で言わなかったんだよ。要するに、叔母さんが行方不明になってるっていうことだろう?」

聖吾は、いよいよ深刻な表情になって、半ば責めるような口調になっている。美加子は、続きがあるのよ、と出来るだけ穏やかな口調で言い、夫の太股《ふともも》に手を置いた。

「だから私、もう一度電話をしたの。叔母の嫁ぎ先にね。だって、明日香っていう子がいるのよ。あの子にとっては、たった一人の母親なのに、まったく消息が掴《つか》めていないはずがないと思って」

結局、叔母は再婚したのだと、電話口に出た叔父は、諦《あきら》めたような声で語ってくれたと、美加子は続けた。確かに舅《しゅうと》や姑との折り合いが悪かったから出ていってもらったのだが、離婚して何年もたたないというのに、さっさと再婚する叔母の神経が分からない、しかも、娘は母を慕って一緒に家を出たのに、叔母は自分の再婚が決まったら、娘を返してきたのだそうだと報告すると、聖吾は「へえ」と、今度は呆《あき》れたような声を出した。

「新しい人生を始めようと思ったら、娘はいない方がいいっていうことかな」

「そんなに単純なことじゃないと思うわ。たとえば、再婚相手が継子《ままこ》を気に入らなかったのかも知れないし、明日香がなつかなかったのかも知れない。母親が子どもを手放すんだから、それなりの覚悟が要ったんだとは、思うのよ。だって、とても可愛《かわい》がってたんだから。自分だけの都合で、返したわけじゃないと思うわ」

聖吾は、考え深げに相槌を繰り返していたが、やがて、「なるほどなあ」と、重苦しいため息をついた。今日も、雨こそ降ってはいないが、好天とは言いがたい天気だった。エアコンの効いているところにいればよいが、一歩でも外に出れば、むっとする不快な湿気がまとわりついてくる。

「それで叔母は、これまでに付き合いのあった人たちとは、一切関係を絶ったらしいの。きっと、すべてをやり直したかったんじゃないかしら。だから、私にも連絡をくれなかったのね」

「そういうものかなあ」

そうこうするうちに、車はスーパーに着いてしまった。聖吾は器用なハンドルさばきで車を駐車場に入れると、「よしっ」とかけ声をかけて車から降りた。美加子も、それに従った。まだ大切な話が残っている。だが、夫の頭が混乱しないように、少しずつ、丁寧に話さなければならない。

――落ち着いて。自分の運を信じるのよ。そして、彼の優しさを。

涼しそうな白いパンツに、チェックのシャツを着た聖吾は、美加子よりも数歩先を歩いて、いかにも手慣れた様子でショッピングカートを取りに行く。美加子は、少し動いただけでもじっとりと汗ばみそうな空気の中を、悠々と歩いていく夫の若々しい背中を見つめていた。

「まあ、しょうがないのかもな。叔母さんなりに苦労したんだろうし、きっと、ずいぶん悩んだ末のことなんだろうから」

必要以上に冷房の効いた店内に入ると、今度は聖吾の方から口を開いた。美加子は、普段通りに野菜売り場からゆっくりと歩き始めながら、「そうねえ」と頷いた。

「だけど、明日香ちゃんか？　その子が可哀想《かわいそう》だよな。自分の母親に、裏切られた気分だろう」

キャベツ、キュウリ、トマトなどを、それぞれ選りながら、美加子は「そう、それがねえ」と呟いた。

「結局、一度は母親を選んだわけじゃない？　父親のところに戻ってからも、やっぱり、ぎくしゃくしちゃって、まるでうまくいってないみたいなのね」

「だって、自分の娘だろう？」

「そういう叔父だから、叔母が幸せになれなかったんだもの。それに、よくよく聞いてみれば、叔父だって叔母を追い出してからすぐに再婚してるみたいだし、口振りからすると、やっぱり明日香を邪魔にしてるっていう感じだったわ。高校だけは、何とか出させてやるけど、あとは知らないとまで、言ってたもの」

「幾つなんだ」

「十七、ですって」

今日はかぼちゃが安い。それに、ピーマンも買っていこう。話が深刻なだけに、美加子は出来るだけ暗くならないように気をつけながら、ゆっくりと穏やかに話した。だが、それでも聖吾はいつになく憂鬱《ゆううつ》そうな顔をしている。

「十七っていったら、いちばん多感な年頃じゃないか」

「そうねえ」

「そういう子が、非行に走ったりするんだよな。結局は親の都合で、人生が狂っちまうんだ」

ゆっくりと売り場を巡り、いつものように聖吾の押すショッピングカートを満たしながら、美加子は、「可哀想だなあ」と呟き続ける夫を、ちらちらと見ていた。

「私も、小さい頃に会っただけだから、今頃はどんな子になってるか分からないんだけど。でも、勉強が好きでね、成績もいいんだっていう話は、叔母から聞いたことがあるの」

「じゃあ、大学にも行きたいだろうに。そういう子が、挫折《ざせつ》するのは哀れだよなあ」

「私が会った頃は、明るくて素直で、可愛い子だったんだけどねえ」

いつものように店内を歩き回りながら、美加子は、明日香という娘の話を、ぽつり、ぽつりと聞かせた。聖吾は、わずかに口を尖《とが》らせたまま、黙って美加子の話を聞いていた。そして、揃《そろ》ってレジに向かい、支払いを済ませて、再び車に乗って帰途につく。

昨日までは、週末は晴れたらテントと寝袋を干そうと話していたのだが、相変わらずの曇り空が広がっていて、全身が気怠《けだる》くなりそうな日になった。

「私に、もっと力があったらって、思うわ」

窓から入り込む湿った風に吹かれながら、美加子はぽつりと呟いた。

「叔母のことは、もう、いいの。叔母なりに、新しい人生を歩き始めてるんだものね。でも、明日香のことを考えると、何もできないって分かっていながら、やっぱり可哀相になる」

「――――」

「私はあなたと知り合って、結婚して、こんなに幸せにしてもらってるでしょう？何だか、申し訳ないような気がしちゃって」

「――そんなことは、ないよ」

聖吾の横顔は、風に前髪を散らしながら、いかにも厳しく、また苦しげに見えた。

美加子は、大きく深呼吸をして「そうね」と呟いた。

「たった一人の従妹《いとこ》だと思うから、気になるだけね。それでも、あの子はあの子なりの人生を歩むのよね――仕方が、ないわよね」

建築中の建物が、視界を横切っていく。全体の雰囲気からすると、郊外型のレストランかも知れない。美加子は気を取り直すように、「いつ頃のオープンかしらね」と言ってみた。それに対する聖吾の返答は、何とも気の抜けたもので、明らかに美加子の話を真剣に聞いていないらしかった。

「ごめんなさいね、つまらない話で。あなたが、せっかくあのアルバムの写真を再生してくれて、私は本当に嬉《うれ》しくて、まさか、こんな話を聞かせなきゃならなくなるなんて、思ってなかったの」

「いいさ」

「だから――」

そこで、美加子は口を噤《つぐ》んだ。不覚にも、胸の奥から熱い塊がこみ上げてきそうになったのだ。こんなことで、動揺するつもりはなかった。冷静に、淡々と話すつもりだった。

「美加子?」

聖吾のわずかに汗ばんだ手が、美加子の手の上に重ねられた。美加子は涙を呑《の》み下し、精一杯に笑ってみせたつもりだった。だが、顔が強《こわ》ばってしまって、ただ歪《ゆが》んだだけにしか見えなかったかも知れない。

「だから、思い出って嫌ね。おとなしく収まってくれていればいいけど、何かのきっかけで、こんな風に、心の中にも頭の中にも、一杯に広がっちゃって——すっかり振り回されて、動揺して、あなたにも迷惑をかけて」

言いながら、思わず涙がこぼれた。車の柔らかい振動に身を委《ゆだ》ね、湿気を含んだ風に吹かれながら、美加子はしばらくの間、鼻をすすっていた。

5

ゴム手袋をした手で、バケツを持ち上げながら、美加子は「大丈夫?」と大きな声を出した。うん、と張りのある声が聞こえたから、美加子は満足して微笑《ほほえ》み、いそいそと洋間に向かった。

「この部屋ねえ、案外湿気が強いのよ。ちょっと油断すると、すぐにカビが生えるから、気をつけなきゃならないの」

「分かってるって」

運び込まれた机の上に教科書などを並べていた明日香は、振り返ってにっこりと笑った。久しぶりに会った彼女は、すっかり娘らしくなって、手も足もすらりと伸び、背中まで垂らしている髪も、いかにも若々しく美しい艶《つや》を放っている。美加子は、思わずその髪に触れたい衝動に駆られ、自分が手袋をしていることを思い出すと、未練がましく手を引っ込めて、バケツの中の雑巾《ぞうきん》を絞った。

「固く絞った雑巾でね、お掃除はしてあげるから、ちゃんと風を通して、よく乾いてるのを確かめてから、荷物を入れるのよ」

「はいはい」

大して気もない返事が聞こえたから、美加子は苛立《いらだ》って振り向いた。

「大丈夫ね？　出来るわね？」

「大丈夫だったら。子どもじゃないんだから」

明日香は半分面倒臭そうに、美加子の方を振り返った。そんな顔を見ただけで、もう、この上もなく嬉しくなってしまって、美加子はつい鼻歌を歌いながら、雑巾掛けを始めた。その途端、明日香が「あ」と言った。

「その歌、覚えてる」

美加子は、笑顔で彼女を見た。

「お母さん、前にもよく歌ってたもんね、それ」

彼女の言葉に美加子は急いで顔をしかめてみせた。反射的に、明日香は「しまった」という顔になり、小さく肩をすくめる。

「お母さんじゃなくて、美加子さん、ね。従姉妹《いとこ》同士なのよね」

美加子は、雑巾掛けの手を休めて、改めて明日香を見つめた。

「ちょっと、頼むわよ。そこだけは絶対に、失敗しないでちょうだいよ。ここで本当のことがばれちゃったら、お母さんの人生も、明日香の将来も、何もかも台無しになるんだからね」

念を押すように言うと、明日香は上目遣いに美加子を見て、ゆっくりと頷《うなず》いた。

「大丈夫だよ。大体、前のお母さんとは別人みたいになってるもん。今の顔を見たら、お母さんなんて呼べないよ」

少女は、その口元に、わずかに皮肉っぽい笑みを浮かべて、微《かす》かにため息をつく。そんな表情を見ると、美加子は途端に不安になる。娘に軽蔑《けいべつ》されているのではないか、こんな母親を、この娘はどんな目で見ているのだろうかと思うと、平穏な気持ちではいられなくなる。

「――明日香だって、覚えてるでしょう？　あんなお父さんや、おばあちゃんたちに何年間も虐《いじ》められて、こき使われて、お母さん――私がどんな毎日を過ごしていたか」

幼い頃のこの子は、美加子が姑《しゅうとめ》に叱られ、夫からなじられるのを、いつも怯《おび》えた目で見つめていたものだ。だから四年前、ついに婚家から出ていかざるを得なくなったときにも、明日香は美加子を止めようとはしなかった。

「分かって欲しいのよ。私は人生をやり直したかった。何もかも、新しくしたかったの」

「――美加子さん、他の子のお母さんより、ずっと年上に見えたよね。本当は、皆のお母さんの中で、いちばん若かったのに」

娘の言葉に、美加子は、ため息混じりに宙を見つめた。結婚したのは二十歳のとき、明日香を産んだのは二十一歳だった。つまり美加子は、実際には今年で三十八歳になる。だが四年前に離婚して、その後、美容整形手術を繰り返し受け、美加子は若返った。顔の皺《しわ》を伸ばし、シミをとり除き、脂肪を吸引してたるみをとったその間の痛みと不安は、たとえようもないものだった。そして、その結果として、美加子は実年齢よりも十歳若い、二十八歳と人に言えるだけの肉体を手に入れた。

聖吾に語った話は、大方は嘘《うそ》ではなかった。ただ、美加子自身が、その叔母と呼んだ女本人だということだけが、口が裂けても言えない秘密だった。

せっかく離婚して自由にはなったものの、当時の美加子は情けないほどに老《ふ》けて、疲れた顔をした、ただ中年にさしかかるだけの女になってしまっていた。学歴も資格も、若さもない女に、世間の風がどれほど冷たく、厳しいものか、美加子は身をもって経験させられた。結局、人生をやり直すためには、時間を逆戻りさせるしかなかったのだ。大した苦労などしていないかのように、若々しく、美しかった頃に戻らなければ、とても生きていく意味などないと、自分に結論を下した。どぶに捨てたとしか思えなかった過去を消し去り、それまでのしがらみのすべてを捨てる決心をした。唯《ゆい》一《いつ》、気がかりだったのは、最愛の一人娘である明日香の存在だった。我が子のことまでも、なかったことにするつもりには、美加子はどうしてもなれなかった。

「覚えてる？　どんなことをしてでも、明日香との約束は守るからって、お母さん――私が言ったの」

「うん――覚えてる。家を出る前の晩ね」

「あんな家にいたら、明日香は大学にも行かせてもらえない。私は自分の幸せだけじゃなくて、何とかして明日香を進学させられる方法を考えるからねって」

「でも、まさか、こんな方法を考えつくなんて思わなかったな。そんなにしたたかで女っぽい人だったなんて、知らなかった」

美加子はゴム手袋を外して、明日香の肩を抱き寄せた。美加子よりも背が伸びてしまって、どこから見ても、立派な娘になった明日香は、抵抗もせずに美加子に身体《からだ》を寄せてきた。その温《ぬく》もりを感じた瞬間、美加子は「大丈夫だ」と確信した。この子なりに、美加子の生き方を理解してくれている。

「聖吾さんて、いい人よ。私のことを心から信頼して、私の幸せを考えてくれてる。だから、明日香を引き取ろうって、自分から言い出してくれたんだからね」

明日香の話をしてから、彼なりに、ずっと考えていたらしい。あれから十日ほどして、「その子が大学を卒業するまで」という条件で、明日香を引き取ろうかと彼が言い出したときには、美加子は手で顔を覆《おお》い、声を上げて泣いた。何と礼を言ったらよいのか分からない、だましている申し訳なさがないはずもない。だが聖吾は、美加子のたった一人の従妹である少女に、少しでも明るい未来を授けたいではないかと言ってくれた。

「――美加子さんを見ていれば、分かるよ。整形のせいじゃなくて、すごく生き生きとしてるもん。ああ、お母さんは幸せなんだって、すぐに分かった」

学校が夏休みに入るのを待って、美加子はさっそく明日香を呼び寄せた。今、その娘は複雑な表情で、かつて母だった女を見つめている。まるで、かつてはその顔に刻まれていた皺とともに、様々な母子《おやこ》の思い出までも探そうとしているような目だった。

「明日香にとっては、みっともない、馬鹿《ばか》な母親かも知れないけど、そのために、昼も夜も働いたのよ。そのお蔭《かげ》で、彼とも知り合えた。新しい人生を歩むことが出来るようになったの。だから、整形して本当によかったと思ってる」

「分かってる。私だって割り切ってる。絶対に大学に行きたいし、あんな継母《ままはは》のいる陰気な家になんか、いたくなかったんだから。現に、こんなにあっさり、私を家から出したんだよ」

吐き捨てるようにそう言うと、明日香は、諦《あきら》めたように皮肉っぽく笑った。そして、美加子を従姉《いとこ》と呼び通してみせると約束をした。聖吾にも、素直な良い娘として、可《か》愛《わい》がってもらえるように努力をする。それくらいのことは何でもないと、彼女は胸をはった。

「要するに、女は頭を使わなきゃ駄目ってことだよね」

「そういうこと。あくまでもしたたかに、可愛く、ね。私が、聖吾さんをどういう風に操縦してるか、よく見てるといいわ」

「せいぜい、お手本にさせてもらうよ、美、加、子、さん。気にすることなんか、ないよ。今どき、ひと回り近く年下の男と結婚するのも、美容整形も、べつに、どうってことないんだから」

そして、二人は互いに微笑みを交わした。今夜は、聖吾も早く帰ってくることだろう。そして、新しい三人家族での生活が始まる。

大丈夫だ。きっと、笑いの絶えない明るい家庭にしてみせる。これまで以上に聖吾を大切にして、決して後悔などさせないように、彼を満足させてみせる。世の中には、知らない方が幸せということもあるのだ。

「もうすぐ、梅雨も明けるわね」

従妹という役割の娘と、若くて働き者の夫のために、せっせと夕食の支度をしながら、美加子はやはり鼻歌を口ずさんでいた。からりとした、気持ちのよい夏を迎えられそうだ。そんな予感が、美加子の中で大きく育ち始めていた。

ハイビスカスの森

I

その日、風間恵一の顔を見たときの、萌木《もえぎ》の顔といったらなかった。

「――何で、風間くんがここにいるの」

彼女は、ぽかんと口を開けて、狐《きつね》につままれたような顔で恵一を見上げた。恵一を苗字《みようじ》で呼ぶときには、彼女は「よそ行き」の顔で接していることになっている。恵一は「よう」と軽く手を挙げただけで、さっさと彼女の隣のシートに身を沈めた。スチュワーデスが歩き回っている機内は、既に大半の客席が埋まっていた。

「よかったな、いい天気で」

「お天気のことなんか、聞いてないでしょう？　どういうことか、説明して」

萌木はオレンジ色のショートパンツをはいていた。そこから出ている白い素足を組み直して、彼女は食いつきそうな表情で恵一を見つめている。

「ほら、台風が近付いているとかいうからさ、心配してたんだ」

「何で、こんなところにいるのかって、聞いてるのよ」

「俺もね、行くんだ。沖縄」

出来るだけ、さりげなく言ったつもりだった。萌木は大袈裟《おおげさ》に眉《まゆ》を上下させ、わざとらしい笑顔になって「あら、そう」と言うと、さらに険悪な表情になった。いくら突然だって、恋人に逢《あ》って、そんなに嫌な顔をすることはないではないかと、恵一は情けない気持ちになった。

「それは、偶然だこと。でもね、そこは、彩子《あやこ》の席なんだけど」

ベルト着用のランプが点灯した。スチュワーデスの機内アナウンスが始まる。負けん気の強い彼女の、少年のような濃い眉の下の瞳《ひとみ》は、きらきらと輝いて見える。

「彩ちゃんは、来ないよ。俺が、頼んだんだ」

彼女の唇がきゅっと引き締まるのが見えた。恵一は、「早く離陸しろ、飛び立ってくれ」と祈るような気持ちだった。

「じゃあ、最初からこうなることに、なってたっていうの?」

恵一が頷《うなず》くのを確認すると、萌木は「まったく、何ていう人たちなのよ」と、吐き捨てるように呟《つぶや》いた。

「だましたのね」

「俺と一緒じゃ、いやなのか」

「だって、私は彩子と行くつもりだったの！」

「どうして、俺と一緒じゃ、駄目なんだ」

「駄目だなんて、言ってない。やり口が汚いって言ってるのっ。二人で私をだまして、私が笑っていられると思うわけ？」

萌木の口調は完璧《かんぺき》に挑戦的になっている。だが、恵一もここで退《ひ》いてばかりはいられない。

「俺、何度も誘ったろう？　去年の秋から、何回も旅行しようって言ったじゃないか。その度に、萌木は生返事でさ、ちっとも時間を取ってくれなかったんじゃないか」

「だって、本当に忙しかったんだもん」

「女同士で出かける暇はあっても、俺と出かける暇はないっていうのかよ。萌木、夏前に何て言った？」

今度は萌木はぷうっと膨れっ面《つら》になった。

「『今年の夏は、どこか行きたいね』って、そう言っただろう？　だから俺だって、萌木に合わせようと思ったから、夏休みも取らないで待ってたんだぞ」

萌木の表情が一瞬、大きく揺れて見えた。彼女と反対隣に、息を切らしながら中年の男が座ったのも気にせず、恵一は萌木の方に向き直った。

「俺だって、こんな真似《まね》はしたくなかったさ。だけど、この一年の俺たちのことを、考えろよ。いつだって『忙しい』の連発で、ちっとも落ち着いて何かを話し合う時間だって、なかったじゃないか。もう少し、ちゃんと二人で過ごせる時間が、そろそろ必要だと思ったんだ」

萌木は、口の中で小さく「だって」と呟くと、そのまま俯《うつむ》いてしまった。既に、数カ月も前から、恵一は萌木との将来を具体的に考えたいと申し出ている。それなのに、仕事が大変だからとか、今は他のことは考えられないとか、色々な理由をつけて逃げ回っている萌木に、正直なところ、恵一は苛立《いらだ》ってきていた。嫌いではない、大切な人だと言われながら、何故《なぜ》、こんな中途半端《はんぱ》な思いをさせられているのかが、どうしても納得出来なかったのだ。

「私たち、結婚の約束もしてないのよ。それなのに、旅行なんて――」

「だから、その話をしたかったんじゃないか。俺は、萌木さえその気ならって、何度も言ってるだろう？　返事を渋ってるのは、萌木の方なんだぞ」

「――だって」

「忙しかったのは、分かるよ。だから、いい機会だから、一緒に旅行したいって、俺から彩ちゃんに頼んだんだ」

気弱な表情になっていた萌木は、そこで一転して再び負けん気の強い顔に戻った。

「それにしたって、やり口が卑劣。いくら何でも、私をだますなんて」

「そういう言い方、するなよ」

「だって、私の知らないところで、二人で会ってたっていうことでしょう?」

その言葉に、恵一は内心おかしくなった。萌木は萌木なりに、焼き餅《もち》を焼いているのだ。膨れっ面のまま、「最低」と言い捨て、真《ま》っ直《す》ぐに前方を睨《にら》みつけている彼女の、そんなところが、恵一には愛《いとお》しく感じられる。特に今日の彼女は、いつもよりずっと幼く、初々《ういうい》しく見えて、その分だけ、素直に見えた。

「彩子も彩子よ。あの子、昨日の夜だって、電話で『思いきり焼こうね』なんて言ってたんだから。恵一くんのことだって『置いてけぼりにしちゃって、いいの?』とか言っちゃってさ。しらじらしいってば、ありゃしない」

思わず頬を緩めながら、恵一は腹の底から、サイダーの泡のように、はしゃぎたい気持ちが湧《わ》き上がってくるのを感じていた。飛行機は、いよいよ離陸滑走路に向かい始めた。

「ま、そういうわけだから。楽しく、やろうな」

萌木は「ふん」と鼻を鳴らすと、そっぽを向いてしまう。手を握ろうとすると、ぴしゃりと叩《たた》かれた。

「いい？　嫌らしいことしたら、その場で別れるからっ」

きっと振り向いて言われ、恵一は、呆気《あっけ》にとられた。確かにこれまで、二人の間に身体《からだ》の関係はない。だが、同じ宿の同じ部屋に泊まりながら、まだ手出しをするなということだろうか。

「そんな――」

「訴えることだって、出来るんだからね。夫婦だって、無理にセックスを強要したら、強姦《ごうかん》罪になるのよ」

これまでは「忙しい」「疲れている」というのが、最大の理由で、恵一はおあずけを食わされていたのだった。

「結婚までは、本当に、駄目か」

「恵一くんと結婚するなんて、私まだ言ってないもん」

楽しみの半分が減った。今度こそ、彼女と一つになれると思ってきた気持ちが急速に萎《な》えていく。

――まじかよ。まだまだ純愛路線を突っ走るわけか。

やがて、飛行機は急速に加速を始め、瞬《また》く間に上空に飛び上がった。恵一はしばらくの間、機内のモニターに映し出される東京の景色を眺め、街並みが雲間に隠れ始めるのを眺めた。この苛立ちとも、落胆ともつかない気持ちを何とか整理しなければならないと自分に言い聞かせる。とにかく数時間後には、輝く陽の光と青空とが待っている。生まれて初めての、萌木と過ごす休暇が、今ようやく始まったのだ。

「まさか、那覇《なは》に着いたらすぐにとんぼ返りするなんて言わないよな?」

「変なこと、しないって誓える?」

怒りのためか、それとも不安に駆られてか、彼女の瞳はさらに輝きを増し、今にも泣き出しそうにさえ見えた。

「——誓ったら、帰らないか」

「——やっとの思いで休みを取って、高いお金を出して沖縄まで行くのに、とんぼ返りなんて、そう簡単に出来るわけないでしょ」

彼女特有の言い回しだと思った。悔しそうに、拗《す》ねた表情で言う萌木を見て、恵一は決心することにした。急ぐことはない。こう見えても萌木は萌木なりに、結婚を夢見ているに違いないのだ。それならば、彼女の気持ちを大切にしてやればよいことだと思った。

「まあ、今回は萌木の水着姿で我慢するか」

諦《あきら》めた笑顔で言うと、萌木はぱっと頬を赤らめ、「馬鹿《ばか》」と言いながら、恵一の頬をぴしゃりと叩いた。「痛てえっ」と反射的に言ったものの、さらりとした手の感触があっただけで、痛みなどは、まるでなかった。

2

紙パルプ企業の営業部に勤務する恵一は、取引先との会議の席上で萌木と知り合った。全体に少年のような雰囲気をまとった彼女は、秀《ひい》でた眉とわずかに大きめの口元が印象的で、寸分の隙《すき》もないほどにきっちりとした身だしなみをしていた。文具メーカーの企画部社員として、彼女は精一杯に肩肘《かたひじ》を張っている感じがした。

「どこに行くか、分かってるんでしょうね？」

那覇までの機内、ずっと熟睡していた彼女は、空港に降り立つなり別人のように生き生きとした表情になった。すべては、彼のために一肌脱いでくれた萌木の親友から聞いてある。まずは、ここでエアーコミューターに乗り換えて、真っ直ぐに離島に向かうのだ。そこからさらにボートに乗り換えることになる。目的地は慶良間《けらま》諸島、座《ざ》間味《まみ》の海だった。

「ああ！　遠くに来たっていう感じがしてきたわ」

九人乗りの小さな飛行機から海を見下ろしながら、萌木はすっかりはしゃいでいる。

その横顔は、とても三十を目前に控えた女性とは思えないほどに初々しく、また、会社にいるときの彼女とも別人のように見えた。

――頑張り屋の、子鹿《こじか》みたいなヤツ。

それが、恵一が初めて彼女に会ったときの印象だ。かなり勝ち気なことは確かだったが、どこかに脆《もろ》さを感じさせる。本人は、負けるものかと精一杯なのだろうが、にこりと笑うと、恵一よりも一歳年上とは思えないほどに幼な気になってしまう。そんなアンバランスなところが、恵一の興味をひいた。そして、幾度か仕事で顔を合わせるうちに、食事を共にするようになり、ごく自然に惹《ひ》かれ合ったのだ。

「飛行機、怖かったんでしょう」

慶良間空港に着いた後で、ようやく息を吐き出す恵一に、萌木は余裕のある笑みを浮かべて言う。生意気そうな、自信に満ちた彼女を見ながら、恵一は気弱に「帰りは船にしようよ」と言った。

「駄目。移動には時間をかけたくないもの。短い夏休みなんだから、めいっぱい遊ばなきゃ。それこそ、台風でも来たら、船で戻るしかないけど」

空港のある島からは、さらに小さなボートに乗って座間味に向かう。珊瑚礁《さんごしょう》に浮かぶ小さな島々は、まるで時の止まった白昼夢の世界のように美しい光景を作り出していた。

「いつもなら、必死で社内を駆け回ってる時間なのに——別の私になったみたい」

羽田で会ったときの、不機嫌な顔など嘘《うそ》のようだった。ひたすら歓声を上げ、何にでも感激している萌木を眺めながら、恵一はまたもや、果たして自分の欲望を抑えられるものだろうかと不安になっていた。ただでさえ、これまでだって今の世の中では信じられないくらいに清い交際を続けてきたのに。

——ヘビの生殺しじゃないかよ。

恵一の思いも知らず、座間味のペンションに着くなり、萌木はすぐに「泳ごう」と言った。日暮れまで、まだ数時間ある。宿の主人に教えられて浜に向かうと、萌木はまたもや歓声を上げた。

「夢みたい！」

言うが早いか、もうTシャツを脱ぎ捨てて、彼女は海に向かって走っている。恵一は、彼女の後を追いながら、「これが新婚旅行だったら」と思わずにいられなかった。

「焼けるぞ！　シミだらけになったら、どうするんだよ」

「平気よ！　こんな綺麗《きれい》な海に、サンオイルなんて流せない！」

「嫁にいけないからなっ」

「そうしたら、恵一くんに、もらってもらうっ！」

平気な顔で言い放つ彼女を波間に眺めながら、恵一は、やれやれとため息をついた。まあ、よいだろう。それなら、思いきり汚く日焼けでもして、泣きついてくればよい。そんなことを考えながら、恵一も海に飛び込んだ。夜になって、変な気を起こさないためにも、さんざん体力を消耗させて、疲れ果てて眠るのがいちばんだという気持ちもあった。

そして、二人の休暇が始まった。恵一の心配は、むしろ杞憂《きゆう》に終わったと言ってよいと思う。とにかく、朝早くから海に行き、昼寝もせずに動き回り、さんざん泳ぎ回って夕方を迎えるのだ。筋肉が震えるほどの疲労に加えて、陽に当たり、生白かった皮膚が真っ赤になるほどに焼けたせいもあって、夜はおとなしく眠る以外に考えつくことなど、まるでなかった。大して旨《うま》いともいえない夕食を勢いでかき込み、風呂《ふろ》を使うと、自然に瞼《まぶた》が重くなる。そして、夢も見ないで眠るうち、気がつけば自然に翌日の朝が来ているという具合だった。

「ああ、ずっとここで暮らしたいなあ」

座間味に着いて二日目には、萌木は早くもそんな感想を洩《も》らすようになっていた。泳がないときには島内を歩き回り、珍しい植物や飛び交う蝶《ちょう》などを眺めて過ごす。その間、萌木はいつも上機嫌だった。普段は、都会がいちばん似合うような顔をしている彼女が、化粧もせずにはしゃいでいる姿は、実に新鮮に見えた。

「なあ、少しは考えてくれてるのか」

「何を？」

「だから、俺のこと」

「考えてる、考えてる」

「で、答えは？」

「後でね。ねえ、それより午後からは反対側のビーチに行かない？」

何度か話を持ちかけても、萌木はいつもそんな返答しかしてくれない。どうして、それほどまでにじらすのだろうかと考えながら、恵一は、やるせない気持ちのままで過ごしていた。それでも、恵一に対してすっかり警戒心を解き、安心しきって楽しんでいる萌木を見ていると、「まあ、いいか」という気がしてくる。そして、たった三泊の滞在など、瞬く間に過ぎ去ってしまった。これが残された唯一《ゆいいつ》のチャンスだと思っていた最後の夜でさえ、恵一が風呂から上がったときには、萌木はもう眠ってしまっていた。その様子には、まるで警戒心というものが感じられない。

――本当に、安心してるのか。

そう考えると、無闇《むやみ》に手出しは出来なくなる。ここまで安心させておいて、最後に襲うような真似《まね》をしたら、それこそ本気でふられることだろう。

「俺って、いいヤツだよなあ。それとも、馬鹿なのかな」

一人で夜更《よふ》けの浜辺に出て、恵一は最後の夜をぼんやりと星を眺めて過ごした。流れ去る雲が闇の中でも白く、とても速く感じられた。こんな星空の下でプロポーズをしたかったのにと思うと、それだけが心残りだった。

3

「台風が接近しているため、船は当分、動きません」

その朝も、恵一は島内放送で目覚めた。既に今日で三日、同じ島内放送で起こされていた。薄く目を開けると、隣の布団《ふとん》は早くももぬけの殻になっている。

――またか。

布団の上で、大きく伸びをした後、恵一はゆっくりと起き出した。ペンションのサンダルを引っかけて港へ行くと、案の定、風に髪をなびかせて、立ち尽くしている萌木の後ろ姿がある。島々の浮かぶ湾内は、比較的、波も穏やかで、のんびりとして見えるのだが、沖を見れば前日と同じ場所に貨物船が停泊したままだった。沖はかなりうねっているのだろう。だから、外国航路の貨物船まで避難しているのだ。頭の上を、猛スピードで白いちぎれ雲が飛んでいく様は、さながら映画のワンシーンのようだった。

「今日も、足止めみたいだな」

萌木の隣に立って呟《つぶや》くと、彼女は顔にかかる髪を指で押さえながら、心底憂鬱《ゆううつ》そうな顔で恵一を見上げてきた。

「どうしよう。これで、一週間も会社を休むことになる」

数日前までの、輝くような笑顔は影をひそめ、日焼けさえも定着してきた萌木の顔は、朝から不機嫌そのものだった。

「あと一日、停滞してくれてれば、よかったんだけどな」

それまでずっと沖縄の南方海上に停滞していた台風が、恵一たちが帰る日になって、急に動き出したのだった。お蔭《かげ》で、エアーコミューターどころか船までも欠航してしまい、島は完全に孤立した状態になっていた。埠頭《ふとう》につけて、波が荒れては船が破損する危険がある。だから、沖縄本島から来た船も、貨物船同様に入江から離れて停泊していた。

「いくら何でも、本当にクビになっちゃう」

「大丈夫だよ。とにかく、さっさと来て、さっさと行っちまってくれない以上は、どうすることも出来ないんだから」

「いやよ、台風なんか。逸《そ》れてくれなきゃ、絶対に困る」

萌木は、口を尖《とが》らせて沖の貨物船を睨《にら》みつけている。苛々《いらいら》とした様子で、一日に何度も東京と電話連絡をとっている彼女の頭からは、もはや沖縄の気候も風土も吹き飛んでいる様子だった。恵一にしても、会社には連絡を入れているのだが、移動出来ないのならば仕方がないではないかという諦めがある。こうなったら、予想外に延びてしまった休暇を、思いきり楽しんでしまおうと思う。それなのに、隣にいる萌木が日に日に不機嫌になっていくのでは、たまったものではなかった。

「やっぱり、来るんじゃなかった」

「そういう言い方、するなって。しょうがないよ、台風なんだから」

「私は晴れ女なんだからねっ。誰かさんがいけないいんだ」

その台詞《せりふ》も聞き飽きていた。恵一は、「はいはい」と言いながら、萌木についてペンションに戻った。健康な生活が、旺盛《おうせい》な食欲ばかりを呼んでいる。だが、毎朝、毎晩の食事の献立も、ほとんど変わらない日々が続いていた。

「とにかくさ、九時になったら東京に電話して、事情を説明してさ」

「言われなくたって、分かってるわよ」

ペンションに戻ると、萌木は真っ先にテレホンカードを買い、電話に向かう。その表情は、日焼けが似合わないほどに厳しく、よそよそしいものになっていた。重苦しい雰囲気の中での朝食が済むと、恵一は一人で部屋に戻り、敷きっ放しの布団にごろりと寝転がった。萌木は、またどこかに電話をしている。

「二人揃《そろ》って、こんなに会社を休んでるっていうことが分かってごらんなさいよ。私たちのことが、知れ渡る可能性だって、あるんだからね」

「俺は、一向に構わないけど」

電話から戻ってくると、萌木の表情は一層厳しさを増していた。そんな顔を見ているのも嫌だから、恵一はマンガ雑誌に視線を戻してしまった。

「ちょっと。会社のことが心配じゃないの？」

「だって、俺が経営してるわけじゃ、ないもの」

「信じられない。自分の責任っていうものが、あるじゃない。私は、そんな呑気《のんき》な仕事はしてないんだから」

それだけ言うと、萌木はまたもや部屋から出ていった。やがて、廊下の突き当たりから「もしもし」という声が聞こえてくる。

——結婚しても、こんな具合なのかな。

ふと、そんな考えが頭をよぎる。せっかく休暇が延びたのだから、プロポーズするチャンスはいくらでもあるはずなのに、あんな剣幕の萌木を見ていると、今度は恵一の決心が鈍りそうだった。

「ああ、半日でも早く那覇に戻っていれば、よかったんだ。そうすれば、ゆっくりお買い物でもして、予定通りに帰れたのに」

「でも、あのときは台風のことなんか、誰も気に留めてなかったんだから」

「本当は、今日は大事な企画会議があるはずだったのよ。私、発表しなきゃならないことがあったのに」

「萌木がいなきゃ、仕事にならないんだったら、皆、待っててくれるだろうよ」

「そんなに、甘くはないわよ。私の代わりなんか、いくらでもいるんだから」

電話をかけて戻ってくれば、萌木はねちねちと文句ばかりを言い続けた。恵一は何を答えるのも面倒になって、ただごろ寝をしてマンガを読むしかなかった。「呑気ねえ」という、嫌味たっぷりの声がする。べったりと蒸し暑い空気が、二人の間に澱《よど》んでいる気がした。つい数日前の、明るく弾《はじ》けるような笑顔が、今となっては恨めしくさえ思われた。そんな空気を振り払うように跳ね起きると、萌木は途端に不安そうな顔で「どこ、行くの」と言った。

「泳いでくる」

「台風が、来てるのに？」

「萌木の文句より、台風の方がましだ」

水着とタオルだけを持つと、恵一はペンションを出た。風が強かった。ビーチサンダルで白い砂を蹴《け》りながら歩くうち、背後からぱたぱたと小走りについてくる音がする。そして、再び萌木の文句が始まった。

「だいたい、同じ場所にじっとしてるから、こんなことになったんだわ」

「その計画は、彩ちゃんと立てたんだろう？」

「でも、彩子は昨日の電話で『恵一くんがそうしたいって言ったから』って、言ってたもん」

「ああ、ああ、じゃあ、俺が悪いっていうのかよ」

「台風が来てるって分かっていながら、沖縄に行こうなんて言うのがいけないんだ」

「計画したときには台風なんか、来てなかったじゃないかっ」

いずれにせよ恵一の責任にしたいらしい。恵一は、久しぶりに腹の底から煮えくり返るような怒りがこみ上げてきた。女だと思うから、それも大切な相手だと思うからこそ、こっちは何を言われても我慢してきたのに、台風のことまで自分のせいにされたのでは、たまったものではない。

「大体、恵一くんが――」

「うるせえなあっ。そんなに帰りたいんだったら、泳いで帰れ！」

ちょうど、さとうきび畑の真ん中の小さな十字路だった。つい立ち止まると、恵一は大声を張り上げてしまった。小柄な萌木は、一瞬大きく目を見開いて、信じられないという表情になった。その瞳《ひとみ》に、みるみるうちに涙がこみ上げてくる。ひときわ強い風が吹き抜け、さとうきびがざざっと音をたてた。

「――もう、いいっ！」

きっとした顔で恵一を睨みつけると、萌木はすたすたと一人で歩き始めてしまった。白く乾いた細い道を、彼女は浜辺とは反対の方向に向かって歩いていく。

「勝手にしろっ！」

恵一は、その後ろ姿に、もう一度怒鳴った。こちらだって、情けなくて泣きたい気分だった。彼女には話していないが、恵一だって東京に電話する度に、課長から「とんだ長期休暇になったねえ」などと、やんわりとした嫌味は言われつつあるのだ。

「こっちの気も知らないで。何だよ、一人でキャリアぶりやがって。そんなに仕事が大切ならな、仕事と結婚すりゃあ、いいんだ。仕事と沖縄に来て、仕事と泳げ。馬鹿《ばか》野郎っ!」

湿った強い風が吹き抜けていく。その風に向かって、恵一は思いきり大声を張り上げた。みるみる小さくなっていく萌木の後ろ姿は、そんな恵一の言葉が届いたか届かないか、もう、豆粒ほどになっていた。

恵一は、自分もくるりと踵《きびす》を返すと、そのまま浜辺に向かって歩き始めた。ふと、この数日で、初めて一人で行動することに気づいた。だが、こっちの頭も、かっかと熱くなっている。一体、自分がここまで我慢しなければならない理由がどこにあるのか、もう分からなくなりそうだった。

——旅行は正解だったよな。こんなに我儘《わがまま》な女だと思わなかった。

白い道が向こうから、一瞬にして黒く染まってきたかと思うと、雲の流れとともに、恵一の頭上にも激しい雨が打ちつけてきた。ざあっという音が全身を包み、数メートル先も水煙で見えなくなる。それでも、恵一は走りもせずに歩き続けた。黒い雲は、次の瞬間には頭上から飛び去ると分かっている。そして、青空が見え、陽が注ぐ。それが、南国の台風だった。

「東京に着いたらな、こっちから、別れてやるさ。馬鹿野郎っ」

そうだ。軽率にプロポーズなどしなくてよかった。自分にとっては台風さまさまだ。雨に降られながら、萌木にさんざん悪態をつき、恵一は波の荒くない入江に一人で飛び込んだ。浜辺からだいぶ離れて、一人でぷかりと浮いていると、少しずつ頭が冷えてきた。同時に、今度は何とも情けない気持ちになってくる。

——相性が悪いのかな。このままじゃあ、俺が疲れるのは、目に見えてる。

ほんの数日前までのことが、幻のように思い出された。海の色、空の色から、群れ飛ぶ蝶《ちょう》や南国の花々の一つ一つにまで歓声を上げていた萌木の、あんなに生き生きとした姿を見たのは、初めてのことだった。東京で仕事をしているときの彼女が、いかに無理をして、緊張して暮らしているのか、恵一は改めて発見した思いだった。あんな笑顔を、ずっと見ていたい、出来ることならば、自分の力で、いつもあんな表情をさせていてやりたいと、恵一は内心で誓いすら立てたのだ。

「それなのに、俺の気も知らないで」

すぐ隣の布団に寝ていながら、おやすみのキスしか出来ない気持ちが、彼女などに分かるはずがない。それもこれも、萌木が大切だからこそ、耐え忍んでいるということが、彼女には分かっていないのだ。

——それとも、俺一人の思い込みだったのか。

そんな不安が否応《いやおう》なしに頭をもたげてくる。泳いでは浜に上がり、雨が降れば木陰に避難して、恵一は何時間も、ただ一人で浜辺で過ごした。こんな気分のときに、少し軽めの女の子でも見つけたら、声でもかけてしまいそうだと思っていたのだが、浜辺には恵一の他は人っ子一人いなかった。

——最初の旅が、別れの旅かよ。

昼食は、すっかり通い慣れた感のある、よろず屋のようなコンビニまがいの店で適当に買ったものを食べた。ペットボトル入りのミネラル・ウォーターをがぶ飲みして、再び浜に戻り、時折の通り雨に全身をさらしながら寝転ぶ自分が、いかにも愚かに思えてならなかった。

少し、うとうとすると、すぐに雨が顔を叩《たた》く。雨がやむまで海に入り、やむと浜に上がる。その間隔が、少しずつ狭まり、風雨も激しさの度合いを増してきた。入江の内側さえ波が荒くなり始めてきたから、結局、恵一は重苦しい気分のまま、宿に戻ることにした。二人であの狭い部屋にいなければならないのは、何とも気の滅入《めい》るものだと思う。だが、そうなったらペンションの親父《おやじ》さんと四方山話《よもやまばなし》でもすればよい。

4

「あらあら、まあまあ。こんな日まで、泳いだの」

ずぶ濡《ぬ》れになってペンションに戻ると、おばちゃんが「お帰り」と心配そうな顔で出てきた。

「これから、いよいよひどくなるよ。もう今日は、外に出ない方がいいよ」

「あいつは、帰ってきてます？」

「あいつって。一緒じゃないの？」

背後から、ごうっという雨の音が押し寄せてきていた。恵一は、額から雫《しずく》を垂らしながら、しばらくの間、おばちゃんを見つめた。さとうきび畑の真ん中で別れてから、何時間が過ぎているだろう。

「困ったねえ、風も強くなってきたっていうのに。どこに、行ったのかね」

「どこって――」

にわかに胸騒ぎがしてきた。白い道を一人で歩いていく萌木の後ろ姿が、奇妙なほどにはっきりと思い出された。

「捜してきますっ」

言うが早いか、恵一は再びペンションを飛び出していた。狭い島のことだから、見つけ出すのには時間はかからないだろう。だが、さっきまで頭上をすっ飛んでいた白い雲は、まったく消え去り、黒々とした大きな雲ばかりが、地面に垂れ下がりそうなほどにもくもくと迫ってくるのを見ると、さすがに心配になってくる。南国の台風が、まさに島全体を呑《の》み込もうとしていた。

あっという間に土砂降りになってしまった島内を、歩き回っている人の姿など、まるで見あたらない。痛いほどの雨に顔を打ちつけられながら、恵一はさとうきび畑の間を歩いた。さっきまで、白く乾いた道だったはずなのに、今は濁った雨水の流れる細い川になりつつある。すっくと立っていたさとうきびたちは、風雨に叩かれて、早くもなぎ倒されそうだ。

――あの、馬鹿。

大粒の雨が無数に皮膚を打つ。歩いているうちに、恵一は身体《からだ》の奥底から、不思議な恍惚《こうこつ》感のようなものが湧《わ》き上がってくるのを感じた。

――嵐《あらし》だ。嵐だ。

もともと、台風は嫌いではない。甚大《じんだい》な被害を受ける土地の報道に接すると、そんなことを言うのは不謹慎きわまりないとは思うのだが、どういうわけか、心が浮き立ってしまうのだ。

――もっと降れ、もっと吹け。

幼い頃か、またはもっと以前の、自分がこの肉体を持つ前に、こんな雨の中で踊り狂ったことがあるような気がしてくる。何も考えず、ただひたすらに、雨水の中を走り回ったことがあるのではないかと思う。遺伝子が、それを記憶している。雨音が、確実に自分の内に眠っている野性を呼び起こそうとしていた。息苦しささえ覚えるほどの暴風雨の中を歩きながら、恵一は、不思議なくらい明るい、はしゃいだ気分になり始めていた。

濁流の小川となっている道は、島を一望出来る丘につながっていた。そこに小さなあずまや風の展望台があったことを思い出して、恵一は、萌木は間違いなく、そのあずまやで雨宿りをしていることだろうと推測した。

　――結局は、こうやって俺に面倒をかけるんじゃないか。

　身体の奥底から、いつになく荒々しい気持ちが呼び覚まされてくる。激しい雨の中を歩きながら、恵一は、萌木を抱きたいと思っていた。彼女がどんなに抵抗しようと、この雨の中で、思いきり抱きしめたい。

　――ひっぱたいてでも、言うことを聞かせてやる。これ以上ぐずぐずと、文句なんか言わせない。

　道の両脇《りょうわき》はハイビスカスばかりになってきた。恵一よりもよほど丈の高いハイビスカスが、やはり激しい雨に打たれて、赤い大きな花を狂ったように揺らしている。膝《ひざ》下《した》まで泥を跳ね上げながら、恵一は小高い丘を登った。やがて、ハイビスカスの枝の間から、展望台が見えてきた。だが雨で煙っているせいで、人がいるかどうかまでは見分けがつかない。

「萌木！　いるか！」

　恵一は、大声を出しながら石段を上がった。顔も手も足も、雨に打たれて痺《しび》れていた。だが、誰も顔を出さない。返事もない。もしかすると、行き違いになっただろうかと考えながら、ようやく展望台に着くと、耳に届く雨音が変わった。今度は、屋根を叩く激しい音が加わったのだ。

「――萌木」

じんじんと痺れた顔のまま、恵一は、そこでうずくまっている萌木を発見した。

「おい――大丈夫かよ」

恵一は、さっきまでの荒々しい気分をすっかり殺《そ》がれて、小さな背中におずおずと歩み寄った。ビーチサンダルがきゅっきゅっと鳴る。その音に気付いたのか、萌木は、ようやく顔を上げた。だが、目の焦点が合っていない。日焼けしていても、すっかり血の気が退《ひ》いていると分かる顔で、彼女は虚《うつ》ろに宙を見た。

「――恵一、くん」

言った途端に、彼女はわっと泣きながら、恵一にしがみついてきた。

「な――どうしたんだよ」

「怖い！　怖いようっ」

幼い子どものような声だった。反射的に、恵一の心臓は、きゅっと縮みあがった。自分の腕の中で激しく泣いているのが、本当に萌木かどうか、信じられないような気持ちだった。

「どうした――うん？」

展望台も、大した雨宿りの役には立っていなかった。雨は横殴りに降り続き、波飛沫《しぶき》のように二人を襲ってくるのだ。

「迎えに来てやったろう? もう、大丈夫だから、な」

「顔が、血だらけの顔が、皆でこっちを見てる」

彼女は泣きながら展望台のまわりを指さした。ハイビスカスの花々が、雨に打たれて大きく揺れている。鮮やかな赤い花は、確かに見ようによっては、そう見えないこともない。

「血だらけの顔が、笑ってる。皆で、笑ってる!」

彼女は激しく肩を震わせた。恵一は、すっかり当惑していた。こんな彼女を見たことがない。少しでも身体に触れられることに、極端なほどに敏感な彼女が、今、自分にしがみついていることさえも信じられなかった。彼女の唇からは色が失《う》せ、瞳《ひとみ》は恐怖のためにすっかり視点が定まらなくなっていた。

「台風は、台風は、いやなの!」

「分かったから。だから、もっとひどくならないうちに、戻ろう」

そんなことをしても無駄だと分かっていながら、恵一は自分の身体で彼女を雨からよけようとしていた。そのとき、萌木の声がすぐ耳元で「台風が来ると、つかまえに来る」と聞こえた。

「萌木――血だらけの顔が、追いかけてくる。私を、つかまえに来る！」

萌木は、一点を見つめたまま、なおも言い続けている。恵一は、背筋をぞくぞくとするものが這《は》い上がってくるのを感じながら、とにかく萌木を立たせようとした。だが、彼女は腰が抜けたように動こうとしない。

「いやっ！ よそに行くのは、いやっ！」

再び泣きじゃくりながら、萌木はいやいやをするように激しく首を振った。恵一は、一瞬、彼女が芝居をしているのではないかと思った。自分を一人にさせた腹いせに、恵一を困らせるつもりではないかとも思った。だが、芝居にしては少しばかり真に迫りすぎだ。

「危ないんだよ。いよいよ、台風が来るんだから。だから、ペンションに戻るんだ！」

とにかく、力ずくでも連れて帰るより他に方法がない。だが、二の腕を強く摑《つか》んでも、濡れているせいで滑ってしまい、萌木はなおも動こうとしない。

「そんなにいやなら、血だらけの顔と一緒にいるかっ！」

思わず怒鳴ると、萌木は凍りついたように動かなくなった。そして、さらに激しく震え始めた。

——何なんだ、どういうことなんだ。

こうなったら、もう彼女を背負うしかないと判断して、「ほら」と背中を向けて腰を落とすと、泣き声が一瞬やみ、おずおずと、柔らかい重みが加わってきた。

「ちゃんと、掴まってろよ」

恵一はかけ声と共に立ち上がり、歩き始めた。前が見えないほどの雨の中を、濁流に変わった道を、足を滑らせないようにゆっくりと下り、ハイビスカスの森を抜ける間、萌木は恵一が息苦しくなるほどに強くしがみついている。

「逃げて、逃げて！　追いかけてくるから」

「大丈夫だってば。どうしちゃったんだよ、一体！」

荒れ狂う台風の中を、とにかく恵一は歩き続けた。台風は好きだ。心を浮き立たせるものがある。だが、さっきまでの猛々《たけだけ》しい気持ちはなりをひそめ、とにかく、自分の背中にしがみつき、泣き続けている萌木を無事にペンションに連れ帰ることだけしか、考えられなかった。

5

「台風は——嫌い」

　目を覚ました萌木は、恵一に気付くと、再びしがみついてきた。やっとの思いでペンションにたどり着いたと思ったら、彼女は、そのまま気絶するように倒れ込んでしまったのだ。彼女が眠っている間に、風雨はいよいよ激しさを増してきていた。ばらばら、ばらばらと雨の当たる音が響いてくる。地の底から唸《うな》り声を上げるように、不気味な海のうねりが響いてきた。ごうっと風が鳴る度に、恵一の腕を掴む萌木の手に力が加わる。

「大丈夫だよ。さっき、宿の親父さんが、建物は全部点検して歩いたし、じきに通り過ぎるから。そうすれば、帰れるじゃないか。早ければ、明日には帰れる」

　恵一は、ようやく乾いた萌木の髪をゆっくりと撫《な》でながら穏やかに微笑《ほほえ》んでみせた。だが萌木は怯《おび》えた目で恵一を見上げるばかりで、嬉《うれ》しそうな顔もしない。

「——いやだったのに。台風だけは、いやだったのに」

　思い詰めたように呟《つぶや》き、萌木は改めてぎゅっと目をつぶった。その口元から「どうして、こんなことを忘れてたんだろう」という言葉が洩《も》れた。

「こんなこと？」

あぐらをかいたままで、彼女に向かって前屈《まえかが》みになる姿勢は、そう長く続けていられるものではなかった。恵一は、そっと姿勢を動かすと、萌木に添い寝をする姿勢をとった。そして、今度は萌木の頭の下に腕を入れる。彼女は、情けない表情で薄く目を開けただけで、抵抗しなかった。

「――どんなことを、忘れてたの」

耳元で囁《ささや》きながら、恵一の心臓はわずかずつ速く打ち始めていた。額にかかった髪を払ってやっても、萌木はおとなしく、されるままになっている。

「――だから、私、男の人がいやだった。怖くて、怖くて、たまらなかった」

萌木は静かに呟いた。そのひと言は、恵一のはやりかけていた気持ちを鎮《しず》めるのに十分だった。

「台風のときって、皆、おかしくなるのかな」

恵一は自分の胸の内を見透かされているような気持ちになりながら、黙っていた。彼女が何を言おうとしているのかが分からない。どんな返答をすればよいのか、見当がつかないのだ。

「あの、ハイビスカスを見たときに、私、思い出したの」

「血だらけの顔が笑ってるって、言ってたよね」

恵一の二の腕に載せられた萌木の頭がわずかに揺れる。

「そう見えたの」

彼女の肩に回した手に力を込めて、恵一は「そう」と言っただけだった。また長い沈黙の後で、彼女はやっと「あのね」と言う。そして、大きく深呼吸をした後で、ぽつり、ぽつりと幼い頃の話を始めた。彼女が記憶する限りでの、いちばん古い台風の思い出だった。

「——水が出るときって、本当に突然なのよ。じわじわと押し寄せてくるんじゃなくて、本当に、あっという間に水かさが増えてね」

萌木が四、五歳のとき、静岡の彼女の故郷はかなり大きな台風の襲撃を受けたという話だった。幼かった萌木は、台風が珍しくて、日中は自宅の二階の窓から、看板が吹き飛ばされてきたり、濁った水が道路を埋め、川のように奔流する様を見ていたという。

「大人たちは大変だった。でも、お祭りのときみたいな賑《にぎ》やかさがあって、私は何だか浮き浮きしてたな」

萌木の幼い頃の話を聞いたのは、初めてに近かったかも知れない。恵一は、幼かった萌木が台風に瞳を輝かせている様を思い浮かべながら、相槌《あいづち》を繰り返した。

「夕方になって、雨はもっとひどくなった。水かさも増えて、家の前に積んであった土嚢《どのう》も、もうすぐ乗り越えそうな感じだったわ。それで、私と妹は『坂上の家』に預けられることになったの」

坂上の家というのは、別に萌木の親戚《しんせき》筋というわけでもないらしい。とにかく、高台にあって安全なので、近所の子どもたちはまとめてその家に預けられたという話だった。夜になる前に握り飯を食べさせられると、萌木は二歳下の妹や他の子どもたちと、蒸し暑い部屋に寝かされた。

「途中のことは覚えてないの。ただ、目が覚めたら、隣の部屋から明かりが洩れてて、私は起きて襖《ふすま》に近付いた――男の人がいたわ」

「誰だった」

「知らない――お酒を飲んでた。浴衣《ゆかた》の袖《そで》を肩までたくし上げて、あぐらをかいて、太い腕と、毛むくじゃらの足が、鬼みたいに見えた。そして、大声で何かを話してるんだけど、その声は、台風よりも怖く聞こえた」

萌木は、一つ深呼吸をした。恵一は、黄色い光に導かれて、襖の陰に立つ幼女の姿を思い浮かべていた。

「――私、見ちゃったの」

萌木の声が鼻にかかり、掠《かす》れた。

「その男が、同じ部屋にいた女の人を押し倒したの。女の人が『やめて』って言ったのに、その男は何か怒鳴って、そのうち、テーブルの上でグラスとビール瓶が倒れて――」

恵一は、萌木の肩を抱く手に力を込めた。萌木も、恵一の胸元にぎゅっとしがみついてくる。そして、喘《あえ》ぐような声で、その後の記憶を話し始めた。

食器の割れる音がしたという。女はピンク色のエプロンをしていた。激しく抵抗するうちに、男を突き飛ばした。男はバランスを失い、どこかに頭を打ちつけた。ごん、という鈍い音が、今も萌木の耳に残っているという。

「男は、唸りながら立ち上がったわ。そして、急に、くるりと振り返ったの。そして、私のことを、はっきりと見た。その顔が、血で真っ赤に染まってた。私、怖くて怖くて、動けなかった――」

恵一は、思わず萌木の肩を抱き寄せた。自分自身も全身に鳥肌が立っているのが分かった。

「――忘れてた。そんなことがあったっていうこと――私、まるっきり。それから、どうなったのかも、何も覚えてない」

自分自身の奥底に眠っていた記憶に驚き、怯え、萌木は、すっかり当惑しているようだった。恵一は、どんな相槌を打てばよいのかも分からなくなって、ただ黙って彼女を抱き寄せていた。

「でも、あれは夢じゃない。絶対に。きっと、何かすごい事件になったんだと思う。だから私、ずっと台風が嫌いだった。無理にでも忘れたんだわ。きっと、そうよ」

再び泣きじゃくりながら、萌木は苦しげに言った。

「いつだって、台風が怖かった。そんなこと、すっかり忘れてたんだけど――とにかく怖かった。男の人の怒鳴り声と台風だけは、絶対にいやだった――だから、何とかして帰りたかったのよ」

恵一の頭は目まぐるしく回転し続けていた。何と言ってやるのがいちばんよいのかが分からない。ここで、慰めるのは簡単だと思う。そうか、そんな大変な思い出があったのかと、彼女をなだめるのはたやすいことだ。だが、そうしたところで、何の解決になるだろう。

「――電話、してくる」

急に立ち上がると、背後から声にならない叫びのようなものが追いかけてきた。だが、恵一は振り向きもせず、二人にあてがわれた六畳間を飛び出した。「待って！」と、今度ははっきりとした声が聞こえた。それでも、恵一は立ち止まることが出来なかった。

6

翌日、那覇行きの船が出た。台風は、小さな島を一晩中翻弄《ほんろう》し、そして、去っていった。嘘《うそ》のようにからりと晴れた空の下で、一週間以上も滞在することになったペンションの主人夫婦は、恵一たちを小さな港まで見送りに来てくれた。

「今度は、新婚さんでいらっしゃい」

手を振りながら言われて、恵一は、思わず萌木と顔を見合わせ、頭をかいた。

「私、いやだからね、新婚旅行でも足止めくらうなんて」

船が出航すると、すぐに萌木が恵一の脇腹《わきばら》を突っついて言った。恵一は、にやにやと笑いながら、彼女の日に焼けた膨れっ面《つら》を見た。昨日、さんざん泣いたせいだろう、まだ瞼《まぶた》が腫《は》れているが、晴れ晴れとした、いい顔をしている。

「——それにしても、ひどい親だわ。何ていうところに、子どもを預けたのかしら」

ふいに思い出したように、彼女は呟いた。その表情は、もういつもの萌木に戻っている。

「でも、よかったじゃないか。大事件の目撃者じゃなかったんだから」

昨日、恵一は彩子に電話をしたのだった。そして、彩子から萌木の実家に電話をしてもらった。ことの真相を確かめなければならない。その、血だらけになった男の件を、きちんと解明しなければ、萌木は一生かかっても、心を開いてくれないだろうと思ったからだ。

「何も、そんな台風の夜に夫婦喧嘩《げんか》することなんか、ないじゃないねえ。よその子を預かっておきながら」

萌木が預けられたという、「坂上の家」の夫婦は、今も健在だということだった。子ども好きでお人好《ひとよ》しの夫婦だが、亭主は少しばかり酒癖が悪い。今は他の場所で商売をしているそうで、「あの台風の晩は、特にすることもなかったから、早くから飲み始めていたらしい」ということだそうだ。

「飲んでるときに怪我《けが》をすると、びっくりするくらいに血が出るものなんだよな」

「それにしたって、流血騒ぎになるような夫婦喧嘩なんて。お蔭《かげ》で私は台風恐怖症になって、一生お嫁にもいかれないところだったんだから」

台風の翌朝、子どもを引き取りに行った萌木の母は、額に絆創膏《ばんそうこう》を貼《は》った亭主から、蠟燭《ろうそく》を探していて荷物が落ちてきたと説明され、さらに、萌木が珍しく夜泣きをしたと聞かされたことで、よく覚えているとのことだった。

彩子からの報告を聞いた恵一は、部屋で震えていた萌木に、それらの話をしてやった。にわかには信じられないという顔をしていた萌木は、自分でも実家に電話をした。電話口で「そうなの？」「なんだ」を連発していた彼女の表情はみるみる明るくなり、最後には「結婚しようと思ってる人と一緒にいる」と言って電話を切った。隣で聞いていた恵一は、足元から震えが上ってくるのを感じた。

「なあ、いつ萌木のご両親にご挨拶《あいさつ》に行こうか」

風になびく髪を指で押さえながら、萌木はにっこりと微笑んだ。

「当分は、無理ね。東京に戻ったら、きっと殺人的に忙しくなるもの」

「何だよ、また？」

「当たり前でしょう？　こんなに長く休んじゃったんだから。恵一くんだって、せっせと働いて、少しは出世してくれなきゃ、困るんだからね。私、子どもが出来たら、仕事やめるわよ」

「おい、今から子どものことなんか――」

「決めたの。幼稚園に入るまでは、絶対に人に預けないで育てようって」

大袈裟《おおげさ》に落胆するポーズを取りながら、恵一は今度は自分が膨れっ面になった。

「まだ、出来るようなことも、してないじゃないかよ――」

「当たり前じゃない。ここまで大切にしたんだもの、ずっと大切にするんだわ」

これで、怖いものなしになってしまった彼女は、ますます御しにくくなることだろう。いっそのこと、彼女に贈る婚約指輪は、ハイビスカスのデザインにしてやろうか、などと考えながら、恵一は遠ざかる島影を眺めていた。台風の余波の残る海は、まだ波が高かった。

水すい

虎こ

I

お盆が過ぎたらえんこに引かれるぞ。だから、海に入ってはだめだ。

えんこって何さ。

えんこはなあ、水虎《すいこ》さまと同じやろ。

水虎さまって、どんなもの。見たことあるの。

さあなあ、一度でも見たものは、みぃんな死ぬんやから、だぁれも生きて戻れんようになるんやから。

海って、そんなものが棲《す》んでるの。

海にはなあ、陸地に住むものには分からんようなものが、ようけ棲んどるよ。お盆が過ぎて、土用波がたつ頃はな、魔物が浜の傍までも、やってきよるんやろ――。

幼い頃、靖孝《やすたか》は祖母からよくそんな話を聞かされた。水虎は人を海に引き込む。人の舌を食ってしまうという。青く、どこまでも澄み渡っている海に、人を引きずり込む魔物が棲んでいるという話は、幼い靖孝を怯《おび》えさせるのに十分だった。

毎年、祖母が「水虎さま」の話を口にし始める頃、海はにわかに波を高くして、吹き渡る風さえも変わってくる。それはすなわち、楽しかった夏休みがもう残り少ないことを意味し、両親の待つ狭い団地へ戻らなければならないときが近付いているということだった。

やがて、祖母も亡《な》くなってしばらくしてから、「えんこ」とは、すなわち猿猴《えんこう》のことだと知った。猿猴にしても水虎にしても、河童《かっぱ》と同じような意味あいの、想像上の動物だという。旧盆が過ぎて土用波がたつ頃には、海は突然荒れ始める。昔の人間が、海の事故を防ぐために、また、海の神秘を説くために言い伝えてきた不可思議な生き物は、地方によっては盆に戻ってきた死人の霊であるとか、海で死んだ人の魂であるとも言われている。

2

圭介《けいすけ》から電話がかかってきたのは、一年半ぶりのことだった。

「土橋くん、います？」

最初にその声を聞いたとき、靖孝は声の主が圭介であるとも気付かずに、澄ました声で「土橋は私ですが」と答えたものだ。それくらいに、靖孝の頭からは、圭介のことなど、きれいさっぱり消え去っていた。

だが、相手が圭介であると分かった瞬間、靖孝は穏やかでない気分にさせられた。あの圭介が、またもや連絡をよこしたのだ。しばらくは、なりをひそめてくれていたから、こちらも安心していられたのに、急に電話をよこすなんて、どういう風の吹き回しかと思うと、早くも嫌な予感がした。

「やっとつかまった。おまえ、忙しいみたいだな。いつ電話しても、まるっきり、いねえんだから」

「ああ、悪い。電話、くれてたんだ」

「してたさ。いくら待ってたって、おまえからはかかってこねえんだもんな」

受話器に向かって笑ってみせながら、靖孝は、あの圭介がそんなにも熱心に自分と連絡をとりたがっていたとすると、これは、またもや面倒なことになるかも知れないと思った。取りあえず今夜の予定を聞かれて、素直に九時以降は暇だと答えると、圭介は即座に「じゃあ、今晩会おうぜ」と言う。

「それとも、明日の方がいいか？」

――今日じゃなかったら明日か。

いつでもせっかちで自分勝手、それが圭介だ。結局、とっさに断る理由も見つからないまま、相手の言いなりに待ち合わせの場所を決めた後、靖孝はようやく事務所の電話を切った。反射的に、ため息が出てしまう。そうか、あの圭介が、また連絡をよこしたか――そう思うだけで、どうしてもため息が出るのだ。

「土橋先生！」

事務所を出ると、甲高い声が廊下に響いた。靖孝は、浮かない気分のままで振り返り、声の主が分かると途端に笑顔になった。

「先生、ちょっとお話があって」

ピンク色の水泳キャップを被《かぶ》って小股《こまた》でよちよちと近付いてきたのは、半年ほど前から通ってきている主婦だ。

「やあ、高木さん。どうしたの。次の時間でしょう？」

靖孝が愛想の良い笑顔で答えると、高木という、そろそろ四十に手が届こうとしている彼女は、まだ濡《ぬ》れていない水着の胸元を手で隠しながら、妙な内股で身体《からだ》をくねらせる。

「先生、あの、私、今日もばた足をしなきゃ、いけません?」

「どうして?」

「私ね、先生。先週も、帰りに足がつりましたの。ばた足がねえ、もう、疲れちゃうんですもの。自転車に乗って帰るんですけどね、途中で急に、こう——」

内心で舌打ちをしながら、それでも靖孝は笑顔を崩さなかった。何しろ、相手は「お客様」だ。たとえ先生と呼ばれても、それを忘れてはならない。厳しいことを言って生徒を減らしては、靖孝の方が上から睨《にら》まれることになる。

「高木さん、せっかく上達してきたところじゃない。それに、ほら、足だって細くなってきたし」

靖孝が言うと、高木はぱっと表情を輝かせて「そうかしら」と言った。靖孝は大袈《おおげ》裟《さ》なほどに目を見開き、ゆっくりと頷《うなず》いた。

「ばた足はね、いちばんカロリーを消費するんだからね。余計な筋肉なんか、つけたくないんだったら、まずばた足だけは続けようよ、ね? 準備運動とクールダウンさえ、しっかりやってもらえれば、足はつらないはずだから」

うっすらと脂肪の乗った丸い肩に手を置くと、高木は「ええ」と困ったように笑う。

靖孝は、さらににっこりと笑って「さあ、時間ですよ」とその肩を叩《たた》いた。彼女は媚《こび》を含んだ顔で、靖孝の顔を覗《のぞ》き込みながら、なおも「でも」などと渋ってみせる。

「大丈夫ですって。僕が指導するんだから、心配いらないでしょう、ね？　一緒に頑張ろうよ」

半ば落胆した様子で、やっと頷き、大きな尻《しり》を振りながらプールへ戻っていく主婦の後ろ姿を見送りながら、靖孝はまたもや小さくため息をついた。いつも通りにプールサイドに集まっている主婦たちに、やがて高木が合流するのがガラス越しに見える。彼女たちは、年齢こそは二十六の靖孝より、十も二十も上だったが、その騒がしさは女子高生と変わりがない。うるさくて、熱心でもない彼女たちの相手をするのは、実のところはうんざりだと思う。

――我慢だ。これは仕事なんだから。

大好きな海に潜り続けている以上は、その程度のことは辛抱しなければならない。靖孝は、実際はスキューバ・ダイビングのインストラクターが本業だった。だが、それだけでは簡単に生活は成り立たない。だからこそ、水泳が上達してきた生徒に声をかけて、ダイビング・クラブの方の生徒を増やすためにも、少しでも多くの、あらゆる国のあらゆる海に潜るためにも、水泳のコーチというのは貴重な収入源であり、大切な仕事だった。

深呼吸を一つして、首から下げている笛をくわえながら、靖孝はプールに向かう。

「皆さん、こんにちはぁ。いつもの通り、準備運動から始めましょう！」

昼下がりの時間帯、プールは主婦たちに席巻される。教えながらでも眠くなりそうな、柔らかく、気怠《けだる》い時間が流れていく。その時間帯は特に初級のクラスだったから、靖孝は準備運動に時間をかけ、それから始まる一連の指導をしながら、やはり圭介のことを考えていた。

——迷惑ってほどのことじゃあ、ない。

気がつくと、自分にそう言い聞かせている。別に憂鬱《ゆううつ》なわけではない。ただ、少しばかり余計なエネルギーを消費しなければならないような、そんな予感がついため息をつかせるのだ。何しろ、相手は圭介だ。

妊娠しているかのようにぽってりと腹の出た主婦の身体を水中で支え、笛を吹き、ばた足の手本を見せながら、靖孝は圭介のことを考え続けた。主婦の時間帯が過ぎれば、今度は子どもの教室が始まる。その次は、社会人向けの教室だ。水泳教室に限らず、スポーツクラブのインストラクターとは、ある意味で人気商売のようなところがある。主婦や子どもたちは、コーチの好き嫌いを如実《にょじつ》に態度に出すし、それが、こちらの収入にも大いに影響を及ぼす。優しい、面白い、頼もしい。それが人気の秘訣《ひけつ》だった。陽気で気のいい男と言われている靖孝は、なかなかの人気を保っている。

——だけど、俺だって、そうそうヤツのペースにばっかり巻き込まれてるわけにいかない。

迷惑ではない、嫌いでもない。だが、何となく憂鬱になる。それが、この八年間の靖孝にとっての圭介の存在だった。

3

「水くせえよな、声を聞いても分からねえなんて」

だが、約束の時間に現れた圭介の、日に焼けた笑顔を見た瞬間、靖孝はさっきまでの憂鬱など忘れたように「よう」と笑いかけていた。挨拶《あいさつ》もそこそこに、「暑いなあ、脳味噌《のうみそ》まで煮えちまいそうだ」などと言う圭介は、長い髪をしきりにかき上げながら、靖孝の方を見もせずに、「腹ぺこなんだ」と続けた。つい昨日も会ったばかりのような仕草に、靖孝も何の抵抗もなく「俺も」と答えていた。結局、二人はそういう関係だった。

——だから、そうやって、この八年間付き合ってきたのだ。

俺ってダメなんだよな。

こういうのを腐れ縁とでもいうのだろうか。

もう、うんざりだ、こんな野郎とは付き合えないと思ったことは数え切れないのに、少しでも間があくと、結局またこうして会っている。しかも、この時間から圭介の酒に付き合えば、帰りが深夜になることは目に見えていながら、いつの間にかビールで乾杯することになっているのだ。靖孝は、いつもながら自分のふがいなさに苦笑しないわけにいかなかった。

「ここんとこ、役作りで切れなかったんだ。鬱陶しくてまいったぜ」

ビールの旨《うま》い季節だった。一日中プールに浸《つ》かっていて、その間は気にもならなかったが、少しでも動けばすぐにじっとりと汗ばんでくる。

「確かに、暑そうだな」

長い髪をかき上げる圭介を眺めながら、靖孝は改めて「ドラマ?」と聞いた。細面の主介に、その髪型は案外似合っているとは思う。

「いや、舞台」

「何だよ、教えてくれたら観《み》に行ったのに」

靖孝がわずかに眉《まゆ》をひそめると、圭介は口の端だけで微《かす》かに笑い、「来てもらうほどの役でもねえよ」と呟《つぶや》いた。靖孝は何と答えればよいのか分からなくて、一瞬口を噤《つぐ》んでしまった。Tシャツにジーパンという出《い》で立《た》ちからは、彼の生活をうかがい知ることは出来ない。だが、相変わらずの売れない役者生活を続けているのだとすれば、そうそう楽な暮らしはしていないということだ。

「俺らの世界も不況でよ。結構、キツいわ」

　案の定、彼は自分からそう言った。だが、言葉ほどには深刻そうでもなく、圭介は煙草《たばこ》を取り出しながらにやりと笑っている。その笑顔を見て、靖孝は安心した。ああ、これが圭介だと思う。不敵な、自信に満ちた笑顔は、一年半前とまるで変わることがない。その過剰なまでの自意識がある限りは、彼は大丈夫だと靖孝は信じていた。第一、こうして普通の居酒屋に座っているだけのことなのに、圭介は見事なほどに周囲を意識し、自分のポーズを考えているのだ。もしも自分を知らない人間がいたら、そちらの方が愚かなのだと言わんばかりに、圭介の仕草は堂に入ったものがあった。彼は常に自信に満ち、確かに靖孝も二枚目だと認めるその顔で、周囲をゆっくりと見回していた。そんな彼の口から「貧乏でいやになっちまう」などという言葉が発せられているとは、誰も思うまい。

「でも、食ってはいけてるんだろう？」

「まあ、こうしてるくらいだからな」

いつかは、皆があっと驚くようなスターになる。昔の友達など、そう簡単に近付いてこられないような存在になってみせるというのが、昔からの圭介の口癖だった。同じ高校を卒業して、共に上京した当時、圭介と靖孝は、飽きることを知らずに互いの夢を語り合ったものだ。片方は世界に通用する俳優に、片方は同じく世界的なスタントマンになる夢を。

「おまえは？」

「ああ、俺は、相変わらず」

高校時代は、体育会系の靖孝と軟派の圭介では接点もなく、口をきいたこともなかったのだが、ほとんどの生徒が大学進学を目指す中で、自分の才能と実力だけで生きていきたい、しかも表現方法は違っても、互いにショウ・ビジネスの世界で生きることを目指していると知ったときから、二人は急速に接近した。

――俺だったら、ああいう芝居はしねえんだけどな。監督も、あいつの良さを引き出してねえよ。

――だけどさ、日本映画で、アクション・シーンにあそこまで金をかけてるのなんて、ないもんなあ。やっぱり、映画はアメリカだな。

上京した当時は、年中連れだって映画館に足を運び、二人は飽きもせずに演技やスタントの話をした。あの日から、かれこれ八年の月日が流れようとしている。

「相変わらず、河童《かっぱ》みてえな生活か」

圭介の言葉に、つい笑ってしまいながら、靖孝は簡単に近況を報告した。現在は三つのスポーツクラブをかけ持ちで教えているのだと言うと、圭介は目を丸くして「そんなに儲《もう》けてどうするんだよ」と言った。

「潜るには、それなりにかかるからな。出来れば年に一、二度は海外で潜りたいし、行きたいところは山ほどあるし」

「まあ、結構な話だけどな。それも夢だもんな。いいよ、世界をまたにかけるダイバーってのも」

言葉の端々に、最初の夢を捨て去った者への、わずかな軽蔑《けいべつ》と、それなりに安定した収入があることへの微かな恨めしさを感じないこともない。靖孝は、暗に責められているような気分になりながら、自分でも卑屈と分かる笑い方をした。

——だけど、おまえは実現出来てるのか。少しは夢に近付いてるのかよ。

靖孝だって、上京してきた当時はスタントマンの養成所にも籍を置いていたし、本気でアメリカで修業したいとも思っていた。だが、やがて自分の弱点に気がついた。とにかく、高いところが怖い。それに火が怖いのだ。そんなことでは、爆発炎上シーンや飛び降り、宙づりシーンなどの演技は出来ないということになる。どう頑張っても、ただの憧《あこが》れだけでは、その恐怖は克服出来なかった。だから、一年が過ぎたところであっさりと見切りをつけてしまったのだ。

「それで？　何か、用だったか」

久しぶりに会ったというのに嫌味ばかり言われるのではかなわない。話題を変えるつもりで、靖孝の方から切り出すと、圭介は思い出したように目を瞬《しばたた》き、「まあな」と呟いた。そして、ビールのジョッキを空け、一つ舌打ちをしてから、妙な含み笑いを見せる。

――始まったぞ。

その笑顔を見ただけで、靖孝は後ずさりしたい気分になった。いつだってそうなのだ。普段はクールな二枚目を気取っているくせに、人に何かを頼もうというときには、突然甘ったれた表情になる。その都度、靖孝は面倒なことに巻き込まれるのだ。女との別れ話に付き合わされたり、暴力団まがいの連中との金銭トラブルに巻き込まれたり、今となっては笑い話だが、実に冷や汗ものだったことだって数えきれない。

「俺に、ダイビング教えてくれねえか」

ところが、圭介の申し出を聞いて、靖孝は拍子抜けした気分になった。そうか、圭介も潜りたくなったのか、海の素晴らしさに触れたくなったのかと、心の底をくすぐられたような嬉《うれ》しさがこみ上げてきそうになる。ところが、次のひと言が、靖孝のそんな気持ちを、いとも簡単に打ち消した。

「今度、オーディションがある」

「――」

「水中カメラマンの役でな、主役ってわけじゃねえんだけど、結構、いい役なんだよ。だけど、ダイビングの出来る奴《やつ》じゃなきゃ、ダメだっていう話でさ」

　一年半前のことが蘇《よみがえ》る。今日の今日まで、靖孝から圭介に連絡をせずにいたのは、一年半前のことが心に引っかかっていたからだった。

　あのときも、圭介は今夜と同じように突然電話をよこして、「水泳を教えてくれ」と言い出した。そのときまで、靖孝は彼がまるっきりのカナヅチだということを知らなかった。時間がない、泳ぎは適当でも構わないから、とにかく飛び込みが綺麗《きれい》に出来て、そのまま余裕の笑顔で水面に浮かび上がれる、その程度の状態にして欲しいと、圭介は言った。

　――なあ、頼むよ。俺、水に顔がつけられねえんだ。だけど、今度の役はチャンスなんだよ。伸《の》るか反《そ》るかなんだ。

靖孝は、圭介のチャンスのためならばと、当時勤めていたスポーツクラブに頼み込み、鍵《かぎ》を借りて、深夜まで必死で飛び込みを教えたものだ。飛び込んだ先から、歩いてプールサイドへ戻ってくるような真似《まね》はさせられないからと、水泳も教えた。ひと通り美しく泳げるようにさせるためには、時間はあまりにも少なく、圭介の水泳のセンスは皆無だった。それでも、何とか格好だけはつくようになったのだ。

――それで、オーディションに遅刻したんだよな、こいつは。

おまけに礼のひと言もなかったばかりか、風邪をひいただの、耳がおかしくなっただの、後からそんな文句まで言われて、靖孝は言葉を失った。あのときは靖孝だって睡眠不足が続いて、ずいぶん辛《つら》い思いをしたのだ。なのに、圭介ときたら、そんなことなどつゆほども気にかけていない様子で「あの役は、俺には向いてなかったかもな」と言っただけだった。

「今回はさ、監督もプロデューサーも、すげえ推してくれてるんだ。イメージにぴったりだって、言ってくれてるんだよ」

あの頃のことなど、何も覚えていないのだろうか。圭介は、とにかく必死に訴える表情で靖孝を見つめている。だが、一応は役者なのだから、それくらいの表情は簡単に作れるだろうと、靖孝の中では意地の悪い考えが浮かんでしまう。

「もしもオーディションに受かったら、本当にでかいチャンスなんだ。おまえにだって、今までの借りを返せる」

「――貸しなんか、別に、ないけどさ」

靖孝だって、スクリーンやブラウン管を通して圭介を見る日のことを幾度となく想像してきた。あいつは俺のダチなのだと、人に自慢したいと思ってきた。いつまでも、台詞《せりふ》もないような、通行人程度の役でなく、彼がきちんとアップで映り、台詞を言うところを見たいと願ってはいる。

「映画、なんだ。出来が良かったら、カンヌにも持っていきたいって、そういう話なんだよ」

「――映画、か」

それから、圭介は熱心にストーリーの話を始めた。海が舞台になっていると聞いただけで、靖孝はつい彼の話に引き込まれていった。

「こう、さ。死体を発見したりもするんだ。海底に重石《おもし》をつけられてな、ゆらゆらと漂う美女を見つけるだろう？　そして、話が展開してくんだけどな。水の中の演技なんてよ、考えただけで、ぞくぞくするよな」

圭介は、もう映画の世界に浸りきっている表情で、熱心に話し続ける。聞きながら、いつしか靖孝も彼の話すシーンを思い浮かべていた。海草のように長い髪をなびかせながら、海水のブルーを通し、ちりばめられたような陽の光を浴びている蒼白《そうはく》の美女。砂はあくまでも白く、沈黙の世界では無数の魚が自由に泳ぎ回っている。幻想的な美しいシーンに違いないと思う。

——まあ、実際の土左衛門を出すわけにはいかないんだろうし。

つい、そんなことまで考えたとき、圭介がぐっと身を乗り出してきた。

「俺、その話を聞いたときに、真っ先におまえを思い出した。だから、ここんとこずっと電話してたんだ」

ふいに現実に引き戻されて、だが、靖孝は渋面を作らないわけにいかなかった。目の前で圭介が必死になればなるほど、こちらの不安は大きくなる。

「おまえ——あれから、少しは泳いでるの」

「少しは——やってるさ」

案の定、圭介は急に仏頂面《ぶっちょうづら》になった。

あの時、靖孝は確かに二十五メートルは泳げるようにしてやったと思う。だが、それも休み休みでのことだ。あれから一年半、まるで泳いでいないとすると、ほとんど最初から指導し直さなければならないのは確実だった。

「だけど、今度は潜る方なんだしさ、息継ぎの心配なんか、ないわけだろう?」

最近は海外などで簡単にライセンスを取得出来るから、スキューバ・ダイビングは誰にでも楽しめる簡単なレジャーだと思われている。確かに民間のクラブによっては、実に簡単にライセンスをくれるところもあった。

「そりゃあ、潜るときはタンクをつけるけどな、おまえ、潜れるくらいに深い海まで、どうやって行くんだ」

「船で行くに決まってるだろうが」

「ばた足もろくすっぽ出来なくて、水面に上がるときには、どうする? 何かあったときには、どうするんだ? どうやって移動する? 海の中で、ただ沈んでるわけにはいかないんだぞ」

真剣にスキューバ・ダイビングをしたいと考えるなら、二百メートルは泳げなければ困る。潜るのだから泳げなくても関係ないという考えは、少なくとも真剣に潜りたい人間には通用しない。しかも、映画の話を聞いた限りでは、それ相応に潜れなければ、とても通用しそうにはなかった。

「何で、二百メートルも泳ぐ必要があるんだよ」

だが圭介は途端に苛立《いらだ》った顔になり、「泳げって言われれば、泳ぐけどさ」と虚勢を張った。それでも靖孝が良い顔をしないと、今度は眉根《まゆね》に皺《しわ》を寄せて、いかにも哀願する表情になる。

「なあ、頼むよ。オーディションは八月の頭なんだ。あと二週間しかねえんだよ。これから海外に行く余裕なんか、時間的にも金銭的にも、あるわけねえんだってば」

「二週間？　たった二週間で、潜れるようにしてくれっていうのか？　ほとんどカナヅチのおまえを？」

靖孝は、頭を抱えそうになりながら声を上げた。勿論《もちろん》、ある程度泳げる人間ならば、不可能な時間ではないのだ。だが、靖孝にだって仕事がある。圭介につきっきりで教えている暇はない。

「なあ、本当にチャンスなんだ。俺、今度の役が取れなかったら、役者は諦《あきら》めようかとも思ってるんだよ」

身を乗り出して言われて、靖孝は、ただため息をつくより他になかった。その台詞も、一年半前に聞いたのと同じものだった。

4

靖孝の所属しているダイビング・クラブでは、スキューバ・ダイビングの初級のライセンスであるオープン・ウォーターを取得するには、各々《おのおの》八時間の学科とプール実習、それに六本の海洋実習が必要とされている。学科とプールの実習では、スキューバ・ダイビングのおおよその理論を知り、海や波の特性、重い機材を背負って潜水する基礎の基礎を学ぶ。海洋実習は、海上に浮かべたボートから入るのではなく、ビーチ・エントリーという形で浜辺から歩いて海に入り、水深十八メートルまで潜る。そこでマスク内の水を出すマスク・クリアや耳抜き、機材脱着などを学ぶのだが、初心者の場合、どうしても呼吸が乱れがちなため、エアーの消耗も激しいから、一本のダイビングはおよそ三十分というところだろう。それが無事にこなせて、ようやくオープン・ウォーターが取得出来る。

「プールと学科で十六時間もかかるのか」

靖孝が簡単な説明をした段階で、圭介は再び顔をしかめ、苛立った表情に戻った。だが、靖孝も今度ばかりは安請け合いは出来ないから、出来ることならば諦めて欲しいと願いながら説明を続けた。

「だけど、その映画の設定だと、普通のボートから入るダイビング・シーンを撮るんだろう？　それに、カメラマンの役ならタンクの他に、もっと荷物が増えるし、手を自由に使えなくなる。その上で、水の中である程度自由に動けなきゃならないっていうことなんだぞ」

圭介は口を尖《とが》らせたままで、いかにも不愉快そうに、しきりに煙草《たばこ》を吸い続けている。今度は靖孝が身を乗り出す番だった。

「ボート・ダイビングやコンパス・ナビゲーションていうのは、アドヴァンスド・オープン・ウォーターを取得するときに必要な技術、つまり、オープン・ウォーターがクリア出来てなきゃ、とても無理だってことなんだ」

「まじかよ。皆、もっと呑気《のんき》にやってるように見えるじゃないかよ。本当に、そんなに面倒なのか？」

「そりゃあ、そうだ。当たり前じゃないか、普通には息の出来ない世界に入ろうっていうんだぞ」

大体、昔から、圭介は何でも楽をして近道を行こうとする性癖がある。役者になるのならば、どんな役でもこなせるように準備しておいた方がよいのではないかと、靖孝は以前に何度も忠告した。だが、せっかくやる気になったとしても、日舞も、ジャズダンスも、フェンシングも、殺陣《たて》も乗馬も空手も、何をやっても長続きしない、それが圭介だ。

虎
「そのへんの小娘だってやってるようなことじゃないか」

「そのへんの小娘が、軽い気持ちで手を出して失敗してるんだよ。ライセンスを出す方は簡単だけどな、それで生命《いのち》を落とすのは本人なんだから」

靖孝は、すっかり臍《へそ》を曲げて苛立っている圭介の眼差《まなざ》しを撥《は》ね返し、うんざりしたように舌打ちをしてみせた。

「それでもライセンスだけ必要だっていうんなら、国内の安いツアーでも探してさ、行ってこいよ。それが演技の役に立つかどうかなんて、俺は知らないけどね」

面倒事に巻き込まれたくないという顔を如実《によじつ》に表して、靖孝はいつになくはっきりと言った。すると圭介は途端に慌《あわ》てた表情で首を振った。

水
「ライセンスのためなんかじゃないってことは、おまえだって分かってるだろう？　なあ、頼む。おまえしか頼る相手はいねえんだよ。おまえだから、こうして頭を下げてるんだ、なあ」

不遜《ふそん》な態度を崩したことのない圭介は、言うが早いか両手をテーブルについて、大きく頭を下げた。長い髪が乱れて、食い残しの料理に触れた。

「やめろよ。髪の毛がついてるよ」

「なあ、頼む！　俺にチャンスをくれよ」

「分かったから、頭を上げろって」

「教えるって言ってくれ！　そうじゃなきゃ、頭なんか上げねえぞ。何だったら、この場で土下座だってするからなっ」

こんな圭介を見るのは初めてのことだった。困惑しながらも、靖孝は、自分の中にわずかばかりの優越感が広がっていくのを感じていた。これまでの圭介が、いつだって靖孝を、挫折《ざせつ》した男、夢を捨てた男としてしか見てこなかったのは、靖孝だって感じていた。それが今、こんなふうに頭を下げられるということは、何よりも彼が、現在の靖孝を認めている証拠だという気がした。

「こう見えても、俺だってプロだからさあ、頼まれれば、そりゃあ、出来ないことはないけどなあ」

「だから、頼んでるんじゃないか。なあ、きっかけさえ掴《つか》めれば、俺は絶対にビッグになるんだ、な？」

「――俺だって、圭介のチャンスならな、応援したいさ」

傲慢《ごうまん》で、自分勝手な奴《やつ》には違いない。だが、何かの縁でこうしてつながっている友人だった。プライドと自意識の塊のような圭介が、こうして頭を下げるからには、今度こそ本気なのだと信じたい。

「――ったく。どうしてもっと早く連絡してこねえんだよ、おまえは。いつだって、そうなんだから」

結局、最低でも百メートル以上は泳げるようになることを条件に、靖孝は圭介の申し出を受け入れることになった。下げっ放しだった頭を上げたときには、圭介はすっかり顔を紅潮させ、髪の先にはチーズとトマトソースをつけていた。

「俺、明日からさっそく、おまえのクラブに行くからさ。仕事が終わるのって、何時だ？　ああ、スーツとか、色々と必要になるんだよな？　そういうものも、おまえなら詳しいんでしょ？」

圭介は、途端に上機嫌になり、それから一人でぺらぺらと話し始めた。

――また、やられちまった。

つまり、靖孝は明日になったら自分の勤務する水泳教室のどれかに頭を下げて、鍵《かぎ》を預からせてもらわなければならず、さらに、知り合いのショップにかけ合って、格安でスーツを作る算段をし、その他の機材を借り出す手配をして、最低三泊は出来るダイバー向けの宿を確保し、さらに、今度の休みに入れてあったダイビングの予定をキャンセルして、受け持つことになっていたツアーからも外してもらわなければならないということだ。

「やっぱり、持つべきものは友達だ、なあ」

こちらの気も知らず、圭介は少年の日と変わらない笑顔で煙草をくゆらせている。

「――二週間、か」

「俺の未来は、おまえが握ってるようなものなんだからな。頼りにしてるぜ、コーチ！」

外見はどんなアクションもこなせそうな体格の二枚目なのに、運動神経はからきしという圭介を、明日からどう指導しようか。それにしても自分のお人好《ひとよ》しにも呆《あき》れたものだと思いながら、靖孝はひたすら上機嫌ではしゃぐ圭介を前に、今日、何度目か分からないため息をついていた。

そして、翌日から短期集中訓練が始まった。約束通りに現れた圭介は、その意気込みを示すかのように、髪を短く切っていた。靖孝は、今度こそは彼も本気になっているらしいと思い、胸を撫《な》で下ろす気分になった。取りあえずは水泳の指導から始まり、次いで学科を一時間、それから再び一時間、今度はプール実習を行う。

「きっついなあ」

「文句言うな。時間がないんだ」

ぜえぜえと息を切らす圭介に冷たく言い放ち、靖孝は人気《ひとけ》のないプールで大声で指導をした。一体、どういう方法で筋肉をつけてきたのかは知らないが、見た目は精悍《せいかん》に見える圭介は身体《からだ》も固く、水に対する恐怖心が強いせいか、なかなか全身の力が抜けない。口からも鼻からも水を吸い込んで、彼はすぐに咳《せ》き込み、プールの真ん中で立ち上がった。

「休むなよ。ほら、続けて。目線は前、前だ！」

靖孝が怒鳴ると、最初のうちは反抗的な視線をよこした圭介も、最後の方ではこちらを見る余裕すら失った。それでも、休んでいる暇はなかった。泳ぎ終わったらマッサージをしてやり、翌日に疲れが残らないようにして、また深夜に泳ぐ。その特訓は、それから十日間、休みなしに続けられた。珍しいことに、普段は何にでも文句を言う圭介も、今度ばかりは素直に靖孝の指導に従った。

そして予定の十日が過ぎる頃、靖孝も驚くほどに圭介の水泳の腕は上達した。心なしか、顔つきまで精悍に見え始めた圭介に、靖孝は満足していた。

「やれば出来るじゃないか」

「まあな、俺が本気になれば、こんなもんだ」

最終的に、圭介は休憩もせず、軽く百五十メートルは泳げるようになっていた。そして十一日目に、靖孝は圭介を伴って、自分の車で西伊豆《いず》へ向かった。初心者のダイブは一日二本がせいぜいだ。六本潜らなければならないということは、順調にいっても三日間は要するということになる。

「だけど、ここまでくれば、一安心だ。あとは不慮の事故さえ起こらなけりゃあ、おまえは立派なダイバー仲間になるよ」

季節はまさに夏の盛りだった。

「任せとけって。見てろよ。他の連中をあっと言わせてやる」

水泳に自信がついたことで、圭介はすっかり余裕が出来たらしく、いつもの生意気な彼に戻っていた。だが、それこそが圭介の良さ、圭介らしさなのだと、靖孝は改めて発見していた。しょげ返り、陰気な顔をしているのは、やはり圭介には似合わない。

――こんなヤツだけど。役者がいちばん向いてるのかもな。

少なくとも自分が指導する以上、スキューバの腕でオーディションを落とされることなど、あってたまるものかと思う。海に向かって、ひたすらハンドルを握りながら、靖孝は必ず圭介を合格させようと心に誓っていた。

5

八月に入ると、圭介からはぱたりと音沙汰《おとさた》がなくなった。オーディションの結果を気にしながら、もしも悪い結果が出たのならば、こちらから聞くのも嫌なものだと考えて、靖孝は電話も出来ないままに日々を過ごした。

――馬鹿《ばか》野郎。都合のいいときばっかり連絡してこないで、結果の報告くらいしろよな。

一日に数回は、そんな思いが頭をよぎる。そして、お祭り騒ぎのように慌ただしく過ぎた二週間のことを思い出した。今にして思えば、まるで夢のような日々だった。だが、ほとんどカナヅチに近かった圭介を、短期間で自由に泳げるようにしてやり、潜れるようにまでしてやった経験は、靖孝にとっても充実した、よい思い出になったと思う。

――そうでも思わなきゃ、腹が立つばかりだ。

折しも夏休みの真っ最中だった。通常のスケジュールに加え、短期の子ども水泳教室なども増えて、靖孝の毎日はまさしく目の回る忙しさだった。

「こら、プールサイドを走るな！」

「潜ったら駄目だって、言ってるだろうっ」

「目を洗え、目を！」

子どもたちの黄色い声が響き渡る日々は靖孝を普段よりも消耗させる。自分の内にどんどんとストレスがたまるのを感じながら、早く秋になれ、秋になって人が減ったら、俺はまた潜りに行くと、そのことばかりを念じている矢先に、ようやく圭介から連絡が入った。

「おまえ、夏休みはないの」

先日の礼を言うわけでもなく、靖孝の耳に聞こえてきたのは、まずそんな台詞《せりふ》だった。子どもの声に包まれて、ただでさえ苛立《いらだ》っていた靖孝はとっさに怒りがこみ上げてきた。

「――明日と明後日だけど」

「二日だけかよ。どっか、行くのか」

相変わらずの口調に、ますます怒りが募ってくる。思わず受話器に向かって怒鳴りそうになったとき、「海にでも行かねえか」という言葉が聞こえた。靖孝の弱点を、相手は確実に把握しているのに違いなかった。海に行きたい。潜らなくてもよいから、とにかく潮風にあたりたい。ガキどもの声から解放されたかった。そして、気がついたときには、「いいよ」と答えてしまっていた。

「あれな。こっちから断ったよ。馬鹿馬鹿しくて、やってられねえよ、まったく」

翌朝、待ち合わせの場所に車で迎えに行くと、靖孝はまずオーディションの結果を聞いた。圭介は、思い出すのも不愉快だというように、あの仕事の話は自分から蹴《け》ったのだと答えた。靖孝は一瞬、呆気《あっけ》にとられ、ただ「何で」と言うのが精一杯だった。

「まあ、よくあることだけどさ、結局、俺が狙《ねら》ってた役っていうのは、もう配役が決まってたってことだ。俺は、水中カメラマンの助手のよ、『はい』しか言わねえ役だってよ」

「それで、断ったのか」

海に向かってハンドルを握りながら、つい先日のことが蘇《よみがえ》った。あのときは靖孝だって必死だった。何としてでも圭介にチャンスを与えたい、売れる糸口を摑んで欲しいと思ったからこそ、自分も疲れ果てながら彼の申し出を受けたのではないか。

「今さらだぜ、顔も映らねえような、頭数を揃《そろ》えるための役なんか取って、どうしようっていうの、え？　この俺が、ぽっと出の半馬鹿みたいな野郎に、役の上だけでも『はい、はい』なんて言えると思うか？」

そういう問題ではない。本気でチャンスが欲しいのならば、どんな役にでもありつくべきではないかと、靖孝は思った。いくらプライドを振りかざしたところで、現に圭介には役がつかないではないか。この世の中で、役者としての圭介を知っている人などいないに等しいのだ。

――だから、おまえは駄目なんだよ。おまえには謙虚さってものがないんだ。都心を抜け、高速を乗り継ぐ間も、靖孝は沈黙を守り続けた。このままでは、彼は一生うだつが上がらないだろう。二十六になるまで定職にもつかずにきた、ただのろくでなしということだ。

「まあ、だけどよ、ライセンスは無駄にはしねえさ。これで俺もいっぱしの海の男ってことだからさ。いざとなったら、インストラクターにでもなるか」

「――それも、いいかもな」

そう答えるのが精一杯だった。圭介の、その短絡的なところ、辛抱のきかないところ、考えの甘さ。すべてが歯がゆさを通り越して、怒る気にもならなかった。

「いいと思わねえ？　そうしたら二人で海外でさ、クラブを開くって手もあるよな。で、日本から来る馬鹿娘を相手に儲《もう》けるんだ」

どこかで懲《こ》らしめなければ駄目だ。目を覚まさせなければいけない。圭介には根本的に謙虚さ、真摯《しんし》さが欠けている。する気もなく、出来もしないことを喋《しゃべ》り続けている圭介の隣で、靖孝はひたすら考え続けていた。少しは灸《きゅう》を据える必要がある。この、意味もなく高くなりすぎた鼻をへし折りたかった。

目的の海に着くと、靖孝は波打ち際《ぎわ》からかなり離れた岩場に落ち着こうと提案した。寝ている間に荷物を波にさらわれても困るし、砂がついては後が面倒だからと言うと、圭介は「そうかな」と渋い顔をした。

「お盆も過ぎたことだし、クラゲが打ち寄せられてくる可能性もあるからさ。顔なんか刺されたら、困るだろう」

そのひと言がきいた。顔は役者の生命《いのち》だと言って、圭介はあっさり靖孝の提案を受け入れ、海を見下ろす岩場に寝転んだ。そこは海水浴客もまばらな、実に静かな一角だった。少し離れれば小さな「海の家」なども出ているのだが、靖孝たちの眼下には、ただ打ち寄せる波が広がっているばかりだ。

「さすがだな。ちゃんと穴場を知ってるじゃないか」

風を受けながら、圭介はその場所が気に入った様子だった。そして、彼はさっそくくつろぎ始めた。サンオイルを塗っては容器を捨てる。煙草《たばこ》の吸殻も指で弾《はじ》き飛ばす。挙げ句の果てには、好きなだけ缶ビールを飲んで、彼はごろりと寝転がった。

「やっぱ、海はいいよなあ。おまえの気持ちが分かるよ。浮き世から離れてさ、こうしてるのがいちばんんだ」

靖孝は、そっとゴミを拾い集めながら、自分の中でどんどんと怒りが膨らんでいくのを感じていた。何が、海はいいよな、だ、どこが、いっぱしの海の男なのだ。

——おまえなんか、海に来る資格はない。

やがて、微《かす》かな鼾《いびき》が聞こえ始める。靖孝は、黙って沖の方を眺めていた。海岸には、それぞれの地形によって生まれる波の癖がある。沖を眺めていれば、今度はどんな波が来るかを読むことが出来る。今、靖孝の隣で眠りこけている圭介には分からないに違いない。だが、靖孝は知っていた。この海岸の、この一角には、一日に二、三回だけ、驚くほど高い波が押し寄せてくるのだ。その波は、間違いなくこの岩場をも呑《の》み込んでしまう。だからこそ、その危険性を知っている地元の人間は、この辺りでは休もうとしない。たった一つの波でも、恐ろしい力を持っていることを知っているからこそ「立ち入り危険」の札が立っているのだ。だが、傲慢《ごうまん》な圭介は、そんな立て札など気にもかけない性格だった。何度となく来るうちに、それを十分に知った上で、靖孝はその場所を選んだ。

——大丈夫だ。ちょっと、懲らしめるだけなんだから。俺が波を読み間違えなけりゃ、死にはしない。

何も知らない圭介は、ひたすら気持ち良さそうに眠っている。靖孝は、黙って膝《ひざ》を抱えたまま、沖合いばかりを眺めていた。

一時間もした頃だろうか。沖合いが、ふいに大きく盛り上がった。

「――来る」

これまでの波とはまるで異なる、大きな丸い盛り上がりが、徐々に近付いてくる。靖孝は思わず尻《しり》を浮かし、その波が想像以上に大きく育ちそうなのを確かめた。

「――圭介、起きろ」

いくら何でも眠ったまま波にさらわれては危険が大きすぎる。

「おい、圭介！」

波打ち際を洗う水の音が、一瞬やんだような気がした。「ううん」という圭介の声が聞こえる。波は、今や壁のように大きく盛り上がっていた。

「圭介、起きろっ！」

怒鳴り声を上げたのと、目の前に巨大な水の壁が迫ったのとが同時だった。視界の隅で、確かに圭介が起き上がったのが見えた。そのときには、靖孝は反射的に波に乗る構えになっていた。次の瞬間、大波は立ち上がった靖孝の頭近くまでを一気に呑み込み、さらに強く押し寄せた。圭介が何か声を上げたが、波の音が消し去った。

「泳げ、圭介！」

波は強大な力で押し寄せ、そして、それ以上の力で退《ひ》いていく。全身の力を抜いた途端、靖孝の身体《からだ》はものすごい力で海に手繰り寄せられた。すぐ横で、圭介の身体が転がるように呑み込まれていくのが見えた。靖孝は波に乗り、歩けば数分はかかろうというところまで、一瞬のうちに引き寄せられていた。

——圭介は、どこだ。どの辺りまで引っ張られた？

今頃、彼がどれほどの恐怖を味わっているか、何が起こったかも分からない状態なのだろうということが、手に取るように分かる。波に呑まれたら、人は天地が分からなくなってしまう。不慣れな圭介はパニックを起こしているだろう。だが、靖孝には彼を助け出す自信があった。荒療治だとは思う。だが、そうでもしなければ、自分の気持ちがおさまらないから、この方法を選んだ。

——ある程度は泳げるんだから。これで、落ち着いてたら、俺はおまえを見直すよ。

再び穏やかに戻った波の間を漂いながら、靖孝は素早く周囲を見回していた。完全に泳げていないまでも、せめてもがいている姿くらいは見えるはずだった。

「——圭介」

だが、いくら見回しても人の手足や頭らしいものは見あたらない。そんな馬鹿な、本当に溺《おぼ》れてしまったのだろうか。ひょっとすると天地が分からなくなって、そのまま海底に向かって泳いでしまったのかも知れない。

——まずいぞ。

慌《あわ》てて海中に潜った。

陽の光が水の中で散乱している。耳元で聞こえる水飛沫《しぶき》の音と、無数の気泡が弾ける音が靖孝の全身を包み込んだ。だが圭介の姿は見えない。かっと頭に血が上った。

——落ち着け。そんなに沖までさらわれるはずがないんだ。波に乗った分だけ、俺の方が沖まで来ているはずだ。

必死で自分に言い聞かせ、靖孝は今度は陸地に向かって泳ぐために身体を反転させた。すると、確かに魚以外の何かがかなり深い位置に見えた。

——馬鹿野郎、圭介！

その影に向かって、猛然と突き進もうとした瞬間だった。ふいに、永遠に続くかと思われる静寂を感じた。靖孝は呆然《ぼうぜん》となったまま、それを見つめた。本来ならば、視界などぼやけて、ろくに見えないはずの海中で、それは不思議なほどにはっきりと、金色とも白色ともつかない色に輝いて見えた。長い腕を圭介の足に絡《から》め、今にも圭介を水底に引きずり込もうとしている。気を失っているらしい圭介は全身から力を抜き、なすがままにされている。

——お盆が過ぎると水虎《すいこ》さまに引かれるぞ。

遥《はる》か昔に聞かされた言葉が蘇った。あれは、ただの迷信ではなかったのか。だが今、自ら発光しているような輝き方で、獣か、または幽霊かも分からないそれは、圭介を連れていこうとしている。靖孝はパニックに見舞われ、全身が硬直しそうになるのを感じた。

——駄目だっ！

急いで水面に顔を出し、肺いっぱいに息を吸い込んで、靖孝は再び海に潜った。とにかく圭介を助けるのだと、それ以外には何も考えられなかった。

さして透明度の高いはずもない海の中を、それはゆらゆら、ゆらゆらと漂うように沈んでいく。片手で圭介の足首を掴《つか》んだまま、ぐい、ぐいと引いていくのだ。ほとんど何も考えられない頭で、靖孝はひたすら圭介を追い続けた。早く追いつかなければ、もう二度と圭介は浮かび上がってはこられなくなってしまうという、それだけが分かることだった。これまでに感じたことのないような恐怖感が、靖孝自身の足をもつれさせようとする。

——圭介！

必死の思いで潜り続け、やっとのことで、彼の脱力しきった腕に手が届いた瞬間だった。靖孝は見た。それは振り返り、ほの暗い海中から、はっきりと靖孝を睨《にら》みつけたのだ。

靖孝は、今度こそ自分の方が気を失うのではないかと思った。その目は憎しみとも悲しみともつかない、人とも獣ともつかない、異様にぎらぎらと光る目だった。口元は、怒りとも笑いともつかない形に歪《ゆが》んでいる。だが、その顔は紛れもない、靖孝自身の顔だった。

――セッカクツレテイッテヤロウトイウノニ。オマエガノゾンダカラ。

耳が聞いたのではない。だが、はっきりと聞こえた。靖孝自身の顔が、そう言った。

――ソレガノゾミダッタンジャナイカ。ズットマエカラ、ノゾンデイタジャナイカ。

息が限界だった。靖孝は固く目をつぶったまま、とにかく思いきり圭介の腕を引いた。一瞬、わずかな抵抗を感じたが、圭介は驚くほど簡単に靖孝の元に引き寄せられた。靖孝は恐怖で顔を歪ませたまま、振り返ることもせず、一心不乱に海面を目指した。今にも足を摑まれそうな気がする。もう一度あの顔を見たら、終わりだと思う。真っ白い頭の中で、浮かぶのは祖母の顔だけだった。

――水虎さまに舌を食われるぞ。

圭介を抱きかかえ、さっきの高波など嘘《うそ》のように、再び穏やかさを取り戻している海面に浮かび上がったときには、心臓が破裂しそうだった。日光を直《じか》に浴びながら、不思議なほどの静けさばかりが迫ってくる。泣き出したいのをこらえ、これは夢だ、夢に違いないと自分の中で繰り返しながら、靖孝は、とにかく早く、この場から逃げなければと、そればかりを考えた。

「大丈夫かっ！」

「救急車だ、救急車！」

浜に戻った途端に周囲に音が戻った。ひたひたと波の打ち寄せる砂地に両膝をついたまま、激しく噎《む》せかえり、涙の止まらない目で、靖孝は野次馬のざわめきと波の音を聞き、人工呼吸と心臓マッサージを受けている圭介を見ていた。

「生きてる、大丈夫だ！」

誰かの声が聞こえたときになってようやく、猛然と全身が震え始めた。見知らぬ人に励まされ、背を叩《たた》かれながら、靖孝は唇を嚙《か》みしめて泣いた。泣きながら、自分の愚かさを思った。

——あれは、俺だった。確かに俺だった。

圭介が役者の道を断念して故郷に戻ったと知ったのは、秋も深まった頃だった。実に久しぶりに見る圭介の金釘《かなくぎ》流の文字で書かれた手紙が舞い込んできた。靖孝はそれを、潮風とは無縁の、木々の冬枯れの匂《にお》いばかりが早くも漂い始める、山奥の小さな寺で受け取った。

〈――おまえが海を捨てて寺にこもった理由が、俺には分かる気がする。あんな経験をすれば、しかも、あんな姿を見れば、そうならない方がおかしいだろう。俺がこんなことを言うと、おまえは笑うかも知れない。だが、あれは、確かに神だったな。

水の中で、俺は不思議なほど苦しさは感じなかった。とても安らいだ気持ちで、ひどく懐《なつ》かしく、全身を光に包まれている気分だったよ。人間の力など及ばない世界の存在だった。あんなに穏やかな、素晴らしい、清らかな感覚は、そう簡単に経験出来ることじゃないだろう。それを、俺だけでなく、おまえも感じたに違いないことは、俺にはよく分かる。あのとき、意識は失っていたはずなのに、俺は見える気がしたし、聞こえる気がしていたんだ。おまえも共に味わったことが、俺にはとても嬉《うれ》しいよ。ただ一つ、今でも分からないことがある。神は確かに言ったと思うんだ。「おまえが望んだから」と。俺は、一度も死にたいと望んだはずはないんだが、あれはどういう意味だったんだろうと今でも考える。出来れば、そのときのことをおまえとゆっくり話し合ってみたい。

いずれにせよ、俺はあのときの体験を、本にしようかと思ってるんだ。そのために今は田舎にこもっているというわけだ。作文は昔から嫌いじゃなかったんだし、こんな経験は滅多に出来ることじゃない。最近、俺は、むしろ俺の才能は書くことによって発揮されるんじゃないかと――〉

秋《あき》

旱《ひでり》

I

男は忙しくて、責任の重い仕事をしている方がいいのよ。忙しくてね、時間をやりくりして、必死で会いに来るくらいが、ちょうどいいの。そして、また忙《せわ》しなく帰っていく。だらけてる暇なんか、ありゃしないわ。いつだって、もうちょっとと思うところで、離ればなれになるところが、いいのよ。おまけに、社会的な地位があるとなったら、突拍子もないことも言い出さないわ――。

どうせ、結婚するつもりがあるわけじゃないんだからと、笑いながら言ったのは誰だっただろうか。頭上から蟬《せみ》の声、足元からは秋虫の音《ね》の聞こえる小径《こみち》を歩きながら、寛子《ひろこ》はぼんやりとそんなことを思い出していた。夏草の間からは、すすきの穂が伸び始め、よく見れば、黄色い女郎花《おみなえし》なども、あちこちで咲き始めている。

そう、年上の女友達の台詞《せりふ》だ。確か、まだ平田との関係が始まって間もない頃だったから、つまり二年ほど前のことだろう。

――まあ、結婚しようと思ったって、無理な話なんだけどね。奥さんには申し訳ないけど、こっちとしては、おいしいところだけ、もらっていればいいのよ。面倒なことは、奥さんが引き受ければいいってこと。女房なんて、家政婦兼乳母《うば》みたいなものなんだから。

彼女は寛子の変化も、平田の存在も知りはしなかった。彼女自身が抱えている問題のことで、そんな話題になったのだ。あのときは、大して関心もなさそうな顔で相槌《あいづち》を打っていたが、内心では「へえ」と感心していた。そういう風に考えれば、不倫も気楽なものだということだ、などと、妙に納得してもいたのを覚えている。

見上げれば、さすがに九月の空だった。心なしか透明度を増し、高くなって、夏とは異なる薄い雲が点々と流れていく。頭上から降ってくる蟬の声も、わずかに頼りなく感じられるのは、流れる風の違いかも知れなかった。半ばやけっぱちのように鳴いているが、ぼったりと暑苦しい空気を震わしていたときとは明らかに異なって、どこか情けなく、淋《さび》しげに広がっていく。

――こんな、ぎりぎりになって生まれてこなくたって、よかったのに。

タイミングを逃して出てきて、必死で鳴いているなんて、何と哀れな話だろうと思う。だが、仕方がないのだ。好きで、他の連中とずれてしまったわけではない。それは、そのまま今の寛子にも当てはまる気がした。何も、好きでこんなことになったわけではない。

「暑かったでしょう。こんな時間に出かけるなんて」

宿に帰り着くと、三日ばかりの逗留《とうりゅう》の間に、すっかり打ち解けた感のあるオーナー夫人が、客用の布団《ふとん》を抱えて庭先を歩いていた。彼女は寛子に気付いた途端に、あたかも接客マニュアル通りといったような爽《さわ》やかな笑みを浮かべ、軽やかすぎる声で「おかえり」と言った。

「ポスト、分かりました?」

「お蔭《かげ》さまで。ちょっと歩くと、覚えてる道も、あるのね」

「変わったっていったって、この一角だけが開けたっていう程度でしょうからね。昔から人が住んでる辺りは、ほとんど変わってないでしょう」

「変わってないっていうより、すっかり古ぼけてるわ」

寛子の言葉に、オーナー夫人はさもありなんというような表情で頷《うなず》き、何かの言葉を探している様子だった。寛子は、つまらない世間話の相手をさせられるのが嫌だった。この辺りのことならば、彼女よりも自分の方がずっと詳しいという、奇妙な意地も働いた。だから、そのまま建物に向かって歩き始めた。

「シャワーでも浴びて、さっぱりなさって下さいね」

背後から、またも爽やかな声がする。年齢的には寛子と大差ないはずなのに、彼女の声には少女のような張りがあり、いかにも毎日が楽しくてたまらないといった響きを持っていた。寛子は、振り向かずに「そうします」とだけ答え、肩越しに軽く手を振ってみせた。

――私と話すのが楽しいんじゃない。こういう毎日を送ってる自分が嬉《うれ》しいんだ。夫と子どもに囲まれて。

どうせ、私は何も持っていない。つい、そんなひねくれた思いにとらわれながら、外が明るいせいで真っ暗に感じられる建物に入る。フロントのベルを叩《たた》くと、今度は鼻の下と顎《あご》に髭《ひげ》をたくわえたオーナーが、その大きくて四角い体格には似合わない、紺色のエプロンをつけたまま登場して、やはり親しげに「おかえり」と言った。

「暑かったでしょう」

「でも、風は秋ですね」

「都心よりは、やっぱり早いねえ」

寛子が十代の前半を過ごしたこの土地は、もともと、ささやかで鄙《ひな》びた避暑地だったが、ここ二十年ほどの間に、ちょっとしたリゾート地へと変貌《へんぼう》を遂げていた。避暑地としても、スキーを楽しもうにも、もう一つ中途半端《はんぱ》な場所なのに、都心から近いということと、ちっぽけな湖、そこに流れ込む渓流があるだけで、「穴場」ということになっているらしい。それでも温泉が湧《わ》いているわけでもなく、取り立てて見るものもない土地だから、古くから建っている数軒の別荘やバンガローに混ざって立ち並んだペンションやプチホテルなども、数える程度のものだ。

「退屈、しないかね」

部屋のキーを差し出しながら、オーナーは女房に比べればわざとらしくない笑顔で言う。

「故郷《ふるさと》ですもの。退屈で、構わないんです」

歳《とし》の頃は四十前後というところだろうか、脱サラだという話だが、地元の出身でもない男が、どういうきっかけで、こんな場所にペンションを建てるつもりになったのか、寛子には不思議だった。どうせ新天地を求めるのならば、もっと知名度の高い、実入りのよさそうな土地を選べばよいではないかと思う。だが、いずれにせよ、一介の泊まり客にすぎない寛子には、関係のない話だ。

「車で少し足を延ばすとか、してみりゃあ、いいのに。うちの車、使っていいんですよ」

「適当に歩き回っていれば、色々と思い出すこともあるから」

「今でも、顔見知りくらいはいるんですか」

「捜せば、いるんでしょうけど。でも、覚えていないんです。歩いていても、すれ違うのはお年寄りばかりで、私と同年代の人たちなんか、見かけませんしね」

何しろ二十年もたっているのだからと、寛子は、柔らかく微笑《ほほえ》みながら答えた。オーナーは納得したように頷き、この辺りも自分たちが来る頃までは、過疎《かそ》化が進む一方だったらしいと言った。つまり、現在この辺りに暮らす若者は、リゾート産業が興《おこ》ってから入り込んできた、よその土地の者ばかりということだ。それはそうだろう。澄んだ空気以外、本当に何もない土地だ。

「まあ、気が済むまでゆっくり過ごすといいですよ。自分の家だと思って」

その台詞は、チェックインした晩にも聞いた。大抵の客が、一泊か、多くて二泊もすれば去っていく中で、いつまで滞在するか決めていないという寛子の言葉に、最初、彼らは少なからず驚き、また不安を抱いた様子だった。だから、寛子はこの土地で過ごした経験があること、少女時代の思い出を辿《たど》りたくて、休暇を取ってやってきたのだということを、わざわざ説明しなければならなかった。夏休みも終わり、秋の行楽シーズンまでには間があろうという時期に、一人でやってきた女の客というだけで、余計な警戒心を抱かれたくない、あれこれと詮索《せんさく》をされたくなかったからだ。

——自分の家だと思って、か。

建設会社の技術者だった父について、この土地で過ごしたのは、寛子が十歳のときから、中学を卒業する寸前までの五年間だった。その間の住まいは古い一軒家で、広いことは間違いなかったが、決して住み心地がよいとはいえなかった記憶がある。昨日も今日も、寛子は自分の記憶を頼りに、かつて暮らした家を捜してみた。だが、いくら歩いても、道筋は間違っていないと思うのに、その家を発見することは出来なかった。

「これからは？　まだどこかに出かけますか」

「部屋で、本でも読もうと思って」

オーナーが頷くのを確かめると、寛子は部屋のキーを持ってフロントを離れた。

平日ということもあり、他の客はすべていなくなっていた。寛子は、いつでも新しい客を迎えられるように、きちんと掃除され、ドアが開け放たれているいくつかの客室の前を通り過ぎて、三階の突き当たりにある自分の部屋へ戻った。花柄のベッドカバーをかけられたベッドが二つと、小さな丸いテーブルと籐《とう》の椅子《いす》、そしてテレビがあるだけの室内には、開け放ったままの窓から、虫の音とひんやりと心地よい風が入り込んでいた。

——どうして、こんなところに来たいと思ったんだろう。

窓の外には、わずかに傾斜のある畑と山林、それに確かに幼い日々、毎日眺めて過ごした山並みが広がっている。当たり前の、日本の田舎の風景だ。さほど取り立てて心惹《ひ》かれる景色でもない。長い間、すっかり忘れていたほどなのに、しばらく一人になりたいと思ったとき、寛子はこの風景の中に身を置きたいと思い立った。別に、もっと遠い観光地でも、見知らぬ土地でもよかったのだが、あまりにも馴染《なじ》みのないところまで行ってしまうと、自分がさらに頼りなく、糸の切れた凧《たこ》のように感じられそうで怖かったのだ。

手前の畑では、目深《まぶか》に帽子を被《かぶ》った男が、一人で黙々と働いていた。その、紺地に蛍光イエローのラインの入っている帽子から、昨日も一昨日も見かけた人だということが分かる。深緑のTシャツから出ている腕は、筋肉が発達しており、よく日に焼けている。体型と、その腕から、案外若い人なのだろうと推測しながら、寛子はぼんやりと畑の人を眺めていた。

2

寛子が夫に死なれたのは、二十七歳のときだった。結婚して三年目、そろそろ子どもが欲しいわねなどと話し合っている矢先に、彼は運転する車のスピードの出しすぎで事故を起こし、あっけなく逝《い》ってしまったのだ。

「まだ若いんだもの。彼のためにも、一日も早く元気になって、人生の再スタートを切らなきゃ駄目よ」

未亡人になった実感も、悲しむ余裕もなかった寛子に、友人たちは口々に言った。子どもがいなかったのは不幸中の幸いだ、まだまだ、いくらでもチャンスはやってくると。そして、四十九日が明けるか明けないかのうちに、寛子は独身時代に勤めていた職場に復帰した。あれから九年の歳月が流れている。

——確かに再スタートはした。そして、以前の私からは想像も出来ない自分が、ここにいる。

夫に死なれた当初、寛子は悲しみよりも怒りの方が大きいくらいだった。何を、そんなに急いでいたの、私一人を置き去りにして、勝手に逝ってしまうなんてと、あの朝、いつもと変わらずに元気で出かけていった夫に対して、消化しきれない思いばかりを募らせていった。

やがて、自分の内で諦《あきら》めが育ち、怒りも悲しみも鎮《しず》めてしまうと、そこには独りぼっちの寛子がいた。一人であること、待つべき人のいない淋しさが、日ごとに重くのしかかってくるようになった。友人たちは、口々にそんな寛子を心配した。

「諦めることなんて、ないったら。とにかく、どんどん付き合うことよ」

「彼を忘れろなんて言わないけど、寛子は生きてるのよ。自分の幸せを考えて当然なんだから、ね？」

「亡《な》くなった彼だって、許してくれるわよ」

そんな言葉に後押しされるように、実際に、何人かと付き合ってみたことはあったけれど、どれもあまりぱっとしなかった。夫が素晴らしすぎたなどと言うつもりはない。縁などというものは、そう簡単に転がっているものではないということだ。

やがて、友人や仕事仲間の間で、離婚が相次ぐようになった。彼女たちは口々に、結婚など懲《こ》り懲りだ、夫と死別する方が、思い出が汚《けが》れないだけ幸せなのだと言った。

皆よりも一足先に、一人暮らしのペースを摑《つか》み、子どものいない気軽さから、それなりに自由を楽しめるようにもなっていた寛子は、徐々に再婚などというものに夢を抱くべきではないと考えるようになった。確かに、今さら自分の生活のリズムを乱され、他人の世話に明け暮れる日々など、馬鹿《ばか》馬鹿しいとも思われた。そんな頃、寛子は平田と出逢《であ》ったのだ。友人と輸入雑貨の会社を経営する彼は、その当時、切れ者と評判の四十四歳で、寛子よりもちょうど十歳年長だった。

「おばちゃん、御飯ですよって！」

いつの間にか、うたた寝をしていたらしい。子どもの声がドア越しに寛子を呼んだ。窓の外はすっかり闇《やみ》になり、虫の音ばかりが一層大きくなっている。寛子は、ゆっくりと起き上がり、肌寒さに小さく身震いをした。陽が落ちると、この辺りは急に気温が下がる。簡単に髪を撫《な》でつけ、ゆっくり食堂へ降りていく。

「毎日、似たようなものじゃ飽きるだろうし、今日は他に予約もないから、うちらと一緒で、いいかね」

一階の食堂に降りると、長いテーブルの一つだけに、食器が並べられていた。この二晩、気取ったフランス料理風のディナーに一人で向かっていた寛子への、それはオーナーの心遣いに違いなかった。寛子は、笑顔で礼を言いながら、それでも親しいというわけでもない人々に囲まれての夕食を、面倒にも感じた。疎外《そがい》感を覚えるばかり、自分は一人だと思い知らされるばかりではないかと思った。だからと言って、断ることも出来はしない。

オーナーがワインの栓を抜き始めたとき、玄関に提げられているカウベルが賑《にぎ》やかに鳴った。寛子は、何気なく食堂の入り口の方を見ていた。すると、見覚えのある帽子を被った男がひょいと顔をのぞかせ、寛子に気付いて少しばかり驚いた表情を見せたが、「手、洗ってくるから」とだけ言って姿を消した。オーナーは振り向きざまに「おう」と軽く答えた後、寛子の視線に気付いてか、わずかに微笑んでみせた。

「この辺りのこと、何でも手伝ってる男でね。うちでも、あれこれと頼んでるもんだから、まあ、スタッフみたいなもんです」

「確か、前の畑で仕事していらした方、ですよね」

寛子の言葉に、オーナーは「そうそう」と大きく頷《うなず》く。大きな鍋《なべ》を抱えたオーナー夫人が厨房《ちゅうぼう》から現れ、大人たちのグラスにワインが満たされる頃、男は帽子を被ったままで、再び食堂に現れた。俯《うつむ》きがちに、空いている席に着くと、そのまま黙っている。乾杯のときも、食事が始まってからも、彼は顔を上げなかった。

――食事のときくらい、取ればいいのに。

さっき、一瞬だけ見た感じでは、そう若くも、老《ふ》けてもいない男だったと思う。時折、オーナーから話しかけられて、小声で何やら答えている声からも、その口調から寛子がしても、少なくともオーナーよりは年下なのだろうと寛子は推測した。だが、寛子がいるから素気ないのか、それとも普段から愛想のない男なのか、他の人々が雑談を交わし、のんびりと箸《はし》を動かしている間も、彼はまったく顔を上げようとはしなかった。そして、一人でさっさと食事を済ませると、自分の食器だけを厨房に運んで、挨拶《あいさつ》もそこそこに出ていってしまった。

「——変わった方、ですね」

寛子がつい呟《つぶや》くと、ペンションの人々は気にも留めていない様子で、彼はいつもそうなのだと言った。

「あの、帽子も？」

「帽子は、まあ、取ったり取らなかったりだね」

「地元の方ですか？」

オーナー夫人が、彼女らしくもないと感じられる、素気ない口調で「ちがいます」と答えたとき、寛子は自分が話しすぎたことを直感した。ほんの一瞬、食卓に奇妙な空気が流れた。それを破ったのは、子どもたちだった。

「花火、したい！」

「今年はさんざん、やったじゃないか」

「でも、残ってるのがあるよ。秋になったら、出来ないんでしょう？」

「じゃあ、風呂《ふろ》から出たらな」

「おばちゃんも一緒に、花火しよう？」

子どもの表情は、あくまでも無邪気だった。寛子は「おばちゃんも？」と答えながら、子どもにまで気遣われているようで、惨《みじ》めな気分だった。

その夜、子どもたちに誘われるまま、寛子は涼しい風に吹かれて、何年ぶりか分からない花火をした。線香花火を分けてもらい、四方に飛び散る小さな火花を眺めるうち、寛子の思いは、再び平田へ戻っていった。

——こうなるのは、最初から分かっていた。

先行きのない関係などを続けていれば、いつか思ってもいないことを口走ったり、悪あがきをしたくなったり、不自然なままで保たれているバランスを、自分の手で崩したくなったりするに決まっている。そして、自分で自分を追い詰めて、息苦しくなるだろう。それが分かっていながら、寛子は自分自身に対して幾度となく「楽しむのよ」と言い聞かせ、二年の月日を過ごしてきたのだ。

——私は、どうなるのよ！

ここへ来る前、最後に平田と電話で話したとき、寛子はそう口走る自分に、自分で驚いていた。相手を責めるつもりなど、毛頭ありはしないのだ。平田の家庭を壊すつもりも、妻の座を乗っ取るつもりも、まるでない。それなのに、気がついたときには涙声で、そう訴えていた。そして、一度口にしてしまった以上は、後には退《ひ》けないような気分になった。

「おばちゃん？」

小さく震えながら落ちる火の玉を見送り、なおもぼんやりしていると、子どもが顔を覗《のぞ》き込んできた。寛子は、急に泣き出したいような気持ちになりながら、新しい花火を取り出した。

「──花火、綺麗《きれい》ねえ」

「綺麗だねえ」

二年間は、少しばかり長すぎたのかも知れない。遊び慣れた女ならば、どうということもないのだろう。あとは、どう綺麗に片を付けるか、それを考えれば済むことなのかも知れない。だが、平凡な主婦であり続ける運を逃したばかりに、結果的に自立せざるを得なかった、必要に迫られて肩肘《かたひじ》を張っているうちに、少しばかり垢抜《あかぬ》けて見えるようになっただけの寛子には、所詮《しょせん》は不倫など似合わないのだ。

平田は、確かに不足のある相手ではない。彼の存在が、寛子の気持ちをほぐし、励みとなり、支えともなった。忙しい合間を縫って逢うようになってからの寛子は、自分でも変わったと思う。実に久しぶりに人に甘えることを思い出し、温《ぬく》もりを味わい、声を出して笑うようにもなった。

——寛子は俺のものだ。

平田に囁《ささや》かれる度、寛子は満ち足りた気持ちになった。だが、彼がどれほどの誠意を見せたとしても、それすらもゲームの一環にすぎないことを、忘れてはならなかった。いくら寛子を必要だ、いつまでも離さないなどと言っても、それは、共に生きていきたいと思うような類《たぐい》のものではないのだ。

——彼を追い詰めて、見たくもない姿をさらさせる？

なるほど、それも一つの手だ。慌《あわ》てふためき、何とか取り繕おうとする、またはふてくされ、苛立《いらだ》ち、開き直る平田の姿など、見たくもない。だが、幻滅すれば、未練を残す必要もないだろう。

——でも、万に一つも。

彼が家庭を捨てると言い出したら？　それこそ、とんでもない話だ。裏切られた妻と三人の子どもに、どれほど恨まれるか分かったものではない。人のものを横取りすれば、自分も必ず同じ目に遭うということを、寛子は友人の姿を見、人の話を聞くにつけ、常日頃から確信していた。第一、本気で平田と所帯を持ちたいなどと望んでいるわけではないのだ。ただ、ではどうすればよいのかが、分からないだけだった。

3

翌朝、目が覚めると、窓の外の畑には、早くも例の帽子の男の姿があった。翌日も、翌々日も同様だった。あれ以来、夕食にも現れないが、寛子は何となく、その男のことを気に留めるようになっていた。

気をつけて見ていると、男はオーナーの言葉通り、どんな仕事でも請け負っているらしいことが分かった。こちらが退屈を持て余して散歩に出たり、少し離れた古い町の方まで足を延ばしたりしても、または買い出しに行くオーナーの車に乗せてもらって、本屋に行く途中でも、必ずと言っていいほど、あの特徴のある帽子を見かけた。

「よく働く人ですね」

「ああ、あいつ？　そうねえ」

オーナーの返事は、常にそんな程度のものだった。夕食に呼ぶくらいだから、彼らがそれなりに親交を結んでいることは間違いがないと思うのに、その返事は妙に素気ないと思う。

「幾つくらいの方なんですか」

「見たまんま、だねえ」

「だって、ちょっとしか見えなかったわ。あの人、ほとんど下を向いたままで、まるで、帽子の庇《ひさし》で顔を隠してるみたいだったじゃないですか」

寛子が不満を洩《も》らすと、オーナーは髭面《ひげづら》をほころばせて、恥ずかしかったんでしょう、などと言った。

「うちらだけだと思ってたら、見たこともない綺麗な人がいたもんで、びっくりしたんじゃないかね」

それまでの会話から、寛子は自分が実際の年齢よりも、五、六歳は若い、三十そこそこに見られているらしいことを感じていた。だが、そんなお世辞に喜ぶ年齢ではない。ただ、何かをごまかされているような不快感だけを抱きながら、寛子は長いのか短いのか分からない、とにかく普段の生活とは時の流れ方がまるで異なっている空間に身を置いていた。

「――気になるかね」

「いいえ、別に」

まだわずかに青いすすきの穂の上を、赤とんぼの群が飛んでいくのが、そこここに見られる。確かに、寛子がここへ来て、わずか数日の間に、季節は見事に夏の疲れを拭《ぬぐ》い去り、土の匂《にお》いに代わって、微《かす》かに枯れ草の匂いが感じられるようになっていた。目に見える風景は、山も空も森も、その色彩をわずかに淡くして、ひっそりと静まって見える。このまま秋になるのかと思うと、やはり一人で過ごすのは淋《さび》しい気がする。決断を下すのならば、まだ暑い頃でなければならなかったのだと、漠然とそんなことも考えた。

翌朝も、その翌朝も、男はやはり畑に出ていた。その朝は、夏が舞い戻ってきたかと思うくらいに、陽射《ひざ》しが強く感じられた。朝食の前に散歩をするつもりで、寛子はペンションを後にした。数を減らした蟬《せみ》の声も、久しぶりに威勢良く聞こえる気がする。何気なく眺めていると、畑仕事をしていた男は、ふいに背筋を伸ばし、帽子を取って汗を拭いながら空を仰ぎ見ている。

「おはようございます！」

澄み渡った空気の中で、思いきって声をかけてみた。男は一瞬ぎょっとした顔になり、それから慌てたように軽く会釈《えしゃく》をしてよこした。少しの間、考えた後で、寛子は躊躇《ためら》うことなく畑に足を踏み入れた。

朝日を避けながら、寛子は男に近付いていった。彼は、「ああ」とも「うう」ともつかない返事をし、どことなく所在なげに手にした帽子を弄《もてあそ》んでいる。

「今日は、暑さがぶり返しそうね」

額に手をかざし、ただの気紛《きまぐ》れのつもりだった。

「毎日、早いんですね」

「――することが、多いもんですから」

「方々のお手伝いをなさってるんですって？」

傍まで行って、改めて顔を見ると、男は表情こそは硬いものの、案外穏やかな目元の、端整な顔立ちをしていた。帽子の庇がかかるあたりは、それほど日焼けしていないが、あとは、実にいい色に焼けている。だが、よく見ると、その左の頬に、日焼けでも隠せないような、直径二センチほどのケロイド状の傷痕《きずあと》がある。寛子は、その傷痕を見て、奇妙な思いにとらわれた。確か、以前にも、こんな傷痕のある人を見たことがあると思ったのだ。

「――お客さん、ずいぶん長く、いるんですね」

「たまたま、長い休みが取れたものだから」

「何も、ないところでしょう」

でも、ここには住んでいたことがあるんですと言おうとして、はっとなった。傷痕があったのは、少年だった。寛子と同じ中学に通っていた少年の頬に、この男と同じ傷があったのだ。

「あの、地元の方なんですか?」

わずかに胸が高鳴るのを感じながら、寛子は改めて男の顔を見た。彼は、正面から寛子を見ないようにしながら、曖昧《あいまい》な口調で「いいや」と答えた。声からも、顔つきからも、昔の面影は感じられない。だが確かに、その目元から鼻筋にかけての線が、寛子の記憶の中の少年と、だぶっているように思われた。

「もしかして——」

寛子が呟《つぶや》くと、男の表情が一層硬くなるのが感じられた。それでも寛子は、その男の顔から目をそらすことが出来なかった。

「名取さん、じゃないですか?」

今度こそ、男はぎょっとした顔になった。一瞬のうちに全身が強《こわ》ばったのが、隣にいても感じられた。男は、探るような目つきになり、恐る恐る寛子の方を見る。その目を見て、寛子はますます確信を深めた。

「やっぱり、名取さんでしょう? 北中の、二年のときに一組だった——」

「どうして――」

「私のこと、分かりません？　草野です。草野寛子。ほら、二年のときに同じクラスだった」

「草野って――あの、三年の終わりに転校した――」

呟くように言いながら、男の表情が瞬《またた》く間に変わっていった。畑の真ん中で、寛子は、思わず歓声を上げてしまった。何ということだろう、こんな精神状態のときに、こんな場所で、中学生の頃、しかもほのかに思いを寄せていた相手と再会するとは。もしかしたら、これは運命の悪戯《いたずら》ではないだろうかと、そんなことさえ思いたくなるほどだった。

「本当に、草野か？」

名取は、未《いま》だに信じられないといった表情で、「へえ」と言ったまま、しげしげとこちらを見ている。収穫前の野菜に囲まれ、夏の盛りを思わせる陽射しを浴びながら、寛子は自分の身体《からだ》の中までが、緑色に染まっていくような気がした。こんな偶然もあるのか、それならば、この人生もまんざら捨てたものではないかも知れないと、そんな気になった。

「私、手紙くれるの、ずっと待ってたのよ」

瞬く間に子どもの頃に戻って、つい拗《す》ねた声で言うと、名取は急に困惑した表情になり、わずかに口を尖《とが》らせて「ごめん」と言った。卒業間近に転校してしまった寛子は、引っ越すときに名取と文通の約束をしたのだ。寛子は、何通も手紙を出した。だが、名取からは、とうとう一通も返事を受け取ることはなかった。

「一生懸命、書くんだけどな、後から読み返すと、気に入らなくて、結局、何回も書き直してるうちに、出しそびれたんだ」

二十年も過ぎてから、そんな詫《わ》びの言葉を聞くことになるとは思わなかった。寛子はくすくすと笑いながら、当時、毎日のように新しい住まいの郵便受けを覗いては、ため息をついていたことを思い出した。あの頃、まさか自分が未亡人などになり、この歳《とし》まで子どもも産まずにいるなんて、いや、それどころか、三十歳を過ぎる日がやってくるなんて、想像さえつかなかった。

「帽子を取ってくれなかったら、ずっと気がつかないところだったわ」

久しぶりに胸の躍る気分で、深々と息を吸い込みながら言うと、名取は照れたような笑いを浮かべている。

「ずっと、こっちにいたの？」

「――中学を卒業して以来、ずっと戻ってなかった」

この辺りでは、少し出来のよい子どもならば、高校入学と同時に下宿生活になることを、寛子は思い出した。家から通える高校は、その当時、あまりレベルが高くなかったからだ。特に大学進学を望む子どもならば、必ずと言って良いほど都市部にある高校を受験し、この町から離れていった。あの頃、確か名取は英語と数学の得意な少年だった。将来は、英語の生かせる仕事をしたいのだと、そんなことを言っていたような気がする。

——その彼が、どうして。

当然のことながら、そんな疑問が湧《わ》いてくる。だが、再会を果たした直後だというのに、すぐにそんなことを聞くことは躊躇われた。寛子の上にだって、同じ年月が流れているのだ。ひと言では説明できない、様々な事情があったのだろうということくらいは、容易に察しがついた。

「じゃあ、いつ戻ってきたの？」

「去年の——冬かな」

「お家《うち》の方は、お元気？　学校のときの皆なんかと、会ったりするの？」

それでも、次から次へと質問が出てくる。思い出したように、再び帽子を被《かぶ》り、手を動かし始めた名取の後をついて歩きながら、寛子は話し続けた。名取は、年老いた両親は、既に長男と同居するためによその町へ移り住んで久しいこと、以前の友達とは、特に顔を合わせていないことなどを、言葉少なに答えた。

「俺が住んでた辺りには、行ってないんだ。家もないし、用もないし、な。大体、町に残ってる奴《やつ》も、ほとんどいないだろう」

つまり、彼は昔の生活からはほとんど切り離されて、ペンションの立ち並ぶ、この辺りだけを生活の場としているらしかった。寛子は、何となく割り切れない不自然さを感じながら、ただ「そう」と答えただけだった。とにかく、もっとゆっくり話をしたい。

「私、あと二、三日は、こっちにいるつもりなの。その後は、また東京へ戻るわ」

「――そうか。草野は、東京で暮らしてるのか」

「ねえ、時間を作れない？　せっかく、こうして会えたんだもの。もっと、いろんな話をしたいじゃない？」

名取は、作業の手をしばし休めて、少し考える顔をした後、日が暮れてからならば、時間は作れると答えた。

「――奥様は、出してくださる？」

「こんな生活してて、女房なんか、いるはずがないじゃないか」

自嘲《じちょう》的な笑みを浮かべながら言われて、予想はしていたものの、寛子は内心で胸を撫《な》で下ろした。面倒事は、もうご免だ。

「それより、草野は？」

「夫や子どもがいたら、何日もこんな場所に一人で泊まってやしないわ」

今度は、寛子が皮肉っぽく笑う番だった。とにかく今夜、夕食を共にしようと約束して、寛子は畑を後にした。朝食の後でオーナー夫妻に、名取が幼なじみであることを告げると、彼らは揃《そろ》って「名取の？」と目を丸くした。

「偶然っていうのは、あるものなのねえ」

「そりゃあ、さぞかし名取も驚いたでしょう」

仕事の手を休めて、口々に言う彼らまで、わずかに近しい存在になったかに思われた。寛子は、興奮を抑えきれず、中学の頃の名取を語り、当時の思い出の二、三を披露した。勿論《もちろん》、文通のことなどは言わなかった。

「じゃあ、今夜はあいつも客扱いで、ディナーの用意をするかね」

「出来れば、どこかに食べに行きたいんですけど。車を貸していただければ、私が運転してもいいですから」

寛子の言葉に、オーナーは少し考える顔になった後、「奴がいいんなら」と頷《うなず》いた。

その日は、久しぶりに平田のこともあまり思い出さず、心弾む思いで一日が過ぎていった。

——こういう気持ちに、なりたかった。

もしかすると、名取にすがることで、平田とのことを清算できるかも知れない。その先までを、敢《あ》えて考える必要は、今はない。とにかく、袋小路《ふくろこうじ》に入り込んだような自分の気持ちを、どこかに向けて吐き出さなければならないと、寛子は自分に言い聞かせた。

夕方を待ちわびて、数日ぶりに丁寧に化粧をすると、寛子は名取が迎えに来るのを待った。考えてみれば、向こうは真っ黒に日焼けして、泥だらけの服で来るかも知れないのにと思いながらも、そうせずにいられなかった。

4

その日、オーナーの車を借りて、名取と二人で乗り込むとき、オーナー夫妻はわざわざ見送りにまで出てきてくれた。

「くれぐれも、気をつけてね」

「あんまり遅くなるなよ」

まるで、子どもに対するような過保護な言葉に、寛子は照れ臭くもあり、おかしくもあった。ただ、幼なじみと再会して、食事に行くだけだというのに、彼らは車が走り出しても、まだこちらを見ていた。

「あんなに心配していただくほど、子どもでもないのに」

ハンドルを握りながら、思わず笑みを洩《も》らして呟《つぶや》くと、助手席の名取は、泊まり客に何かがあっては困るからだろうと答えた。

「あら、名取くん、そんなに信用されてないの？」

つい、悪戯っぽく隣を見れば、彼は慌《あわ》てたように「ちがうよ」と答える。

「あの人たち、草野を心配してたからさ」

「心配？」

「いくら故郷《ふるさと》だからって、突然、一人でやってきたと思ったら、毎日何もしないで、ぶらぶらしてる女の客なんて、向こうから見れば、心配なものだろう」

そうかしら、と答えはしたものの、寛子は、なるほど、と納得していた。おまけに、陰気な顔で、何か思い詰めたような様子さえあったとすれば、なおさらのことだ。だが、この旅は無駄ではなかった。こうして名取と再会できた、並んで会話を楽しむ相手が出来たというだけで、寛子は自分の内に新しい力が湧いてくるように感じていた。

――これで、何かの踏ん切りがつけられるかも知れない。

名取に道筋を指示されながら三十分ほども走って、やがて車は古い街道沿いに開けている小さな町の、わずかばかり店が立ち並んでいるうちの、こぢんまりとした小料理屋に着いた。

「あれだけ身体を動かしてると、お腹《なか》が空《す》くでしょう」

「そうでもないさ。三時には、おやつも食うから」

店には、四、五人の客がいるだけだった。小上がりに落ち着いて、改めて向かい合い、ビールで乾杯をすると、寛子は自然に笑顔になってしまった。

「――何」

例の帽子は被ったままだが、あとは、こざっぱりとした服装に着替えてきた名取は、一見すると体育の教師か何かのように見えた。

「今朝、私が思いきって声をかけなかったら、こんな風に一緒に食事なんか出来なかったんだな、と思って」

「急に草野ですなんて言われても、俺には、ちょっと分からなかったよ」

ペンションに現れたときとは別人のように、打ち解けた表情になっている名取は、旨《うま》そうに喉《のど》を鳴らしながらビールを飲み、改めて寛子を見ている。

「私、そんなに、変わったかしら。老《ふ》けた？」

寛子は、恥ずかしくなって目を伏せながら、それでも笑顔で言った。

「よく見れば、昔とまるで変わらないな。でも、君があんなところにいるなんて、考えてもいなかったから」

それから二人は、思い出話に花を咲かせた。中学生の頃の名取は、色が白くて少しひ弱な感じのする、田舎町には似つかわしくない雰囲気を持った少年だった。

「あの頃は、女の子にまで、よくからかわれたよな。あんまり色が白いんで、気持ちが悪いなんて言われたこともあった」

「男子の中でも、名取くんに目をつけてる子がいるっていう、噂《うわさ》だったわよ」

「やめろよ、俺にはそんな趣味、ないよ」

あの頃は、そういえばと、次々に忘れていたようなことまで思い出して、二人はときには声を揃えて笑った。二十年の歳月が、彼を弱々しさなど微塵《みじん》も感じさせない男に変えていた。彼は、良いペースでグラスを傾け、途中からは日本酒に切り替えて、やがて帽子も外して、すっかりリラックスした様子だった。その、日焼けした名取の顔に、寛子は昔の面影を探し続けていた。

「草野は、結婚してないの」

「――一度はね、したのよ」

やがて、話題は現在のお互いのことに移ってきた。寛子は、わずかに迷った挙げ句、隠しても仕方がないと腹を決めて、自分のこれまでの人生を簡単に話し始めた。夫を亡《な》くした話をすると、名取の瞳《ひとみ》にはわずかに動揺が走った。寛子は急いで笑顔になり、

「もう、過ぎたことなのよ」と続けた。

「だから、苗字《みょうじ》は今でも夫の姓の、石井のままなの。草野に戻ると、何だか、何もかもなかったことになるような気がして――未練ていうわけでも、ないんだけど。たった二年くらいしか、一緒にいなかったしね」

黄色っぽい照明の下で、名取は小さくため息をつき「まあ、色々あるよな」と呟いた。田舎町の、演歌の流れる鄙《ひな》びた小料理屋で、こんな話をするなんて、まるでドラマのようだと思いながら、寛子もため息をついた。人に話して聞かせると、改めて時の流れを感じる。何だか急に老け込んだ気がして、せっかく浮き立った気持ちが萎《な》えかかった。寛子は、そんな気分を奮い立たせるように、明るく「名取くんは？」と聞いた。

――ここで、自分に弾みをつけようと思ってるんじゃないの。この人と、どうにか

なればと、思ってるのよ。

老けたなどと感じている場合ではない。寛子は、決して嫌らしく見えないように細心の注意を払いながら、それでも瞳に力を込めて名取を見つめた。

「俺？ そうだなあ」

彼は、饒舌《じょうぜつ》ではなかったが、不機嫌そうでもなく、ぽつり、ぽつりと自分のことを話し始めた。大学時代は登山をしていたこと、その頃から就職するまで、ずっと東京の中野に住んでいたことなどを、彼は懐《なつ》かしそうに語った。

「じゃあ、ずっと東京にいたっていうこと？」

「ずっとでも、ないよ。サラリーマンだった頃には、転勤もあったし、海外に行ってた時期もある。アメリカに半年と、ドイツに、四カ月、かな」

幼い頃の希望通り、彼は大学へ進み、その後は中堅クラスの商社に就職したという話だった。その頃に出逢《であ》っていればねえ、と寛子が言うと、彼はわずかに笑顔になった。その顔を見て、寛子は思わずひやりとなった。諦《あきら》めとも冷笑ともつかない、それは、名取が昔の彼ではないことを、何よりも如実《にょじつ》に物語っているような、不自然な笑顔だった。

「波瀾《はらん》万丈は、草野だけじゃないさ」

「――そうね」

「今が順調なら、それでいいじゃないか」

これ以上、余計なことを聞くなよと、暗に言われている気がして、寛子は商社マンだった彼が、どういう理由から故郷へ戻ってきたのか、自分から切り出すことが出来なくなった。もっとお互いを知りたい、もっと近付きたいと思うのに、名取から発散されている雰囲気は、明らかにそれ以上の質問を拒絶しようとしている。たまたま同じ中学で机を並べていたことがある、たまたま、わずかに幼い心が惹《ひ》かれあっていたとしても、その当時から今日まで、二人の上に流れた時間は、あまりにも違うのだろう。

「君の泊まってるペンションの旦那《だんな》ってさ」

ふいに名取が話題を変えた。寛子は、自分の内で広がっていく諦めを感じながら、穏やかに彼を見た。ついさっきまで、彼に何かの望みを託したいなどと考えていたとも思えないほど、急速に気持ちが冷えていく。

「先輩なんだ。大学のサークルで一緒だった」

彼が、脱サラをしてペンションを経営したいと言い出したとき、この土地を紹介したのは、名取だということだった。

「東京なんかにいたって、いいことなんか何もありゃあしないしな。空気も景色も人間も、悪いものばっかりじゃないか」

寛子は、そこでも妙に肩すかしを食らった気分だった。寛子が名取と幼なじみだと分かってからも、オーナーは何も言っていなかった。それに、寛子の記憶の中の名取は、いつか東京に行くのだと、いつも瞳を輝かせていたはずだ。

「あそこに何がある？　裏切りと、嘘《うそ》と、見栄《みえ》と、そんなものばっかりだ。先輩は、結局、そんな暮らしに嫌気がさしたんだろうな」

彼と同様、寛子だって上京した当時は、同じ思いを抱いていた。だが、それでもいつしか慣れていった。まさか、この歳《とし》になって、そんな青臭い台詞《せりふ》を聞くことになるとは思っていなかった。

――私には無縁の人たちの話。明日か明後日を過ぎれば、きっともう二度と会わない人たちの話。

何故《なぜ》だか急に平田に逢いたいと思った。忙しいを連発し、ときには疲れた顔で黙り込むことがあっても、彼は文句も言わず、守るべきものを守っている。仕事からも、家庭からも、都会の生活からも、平田は逃げることがない。その上で、寛子との関係を続けてきたのだ。

「草野も、疲れてきたんじゃないのか」

気がつくと、大分酔いの回ってきたらしい名取の視線が、熱を帯び、粘り着くようになっていた。寛子は、わざとその視線を外して、柔らかく頭を振った。

「ちょっとリフレッシュしたかったことは確かだけど。でも、私はもう東京の人間になっちゃってるわ」

もしかすると、名取も先輩の真似《まね》をして、ペンションでも建てるつもりなのだろうか、それならばそれで、その人の人生だ。だが、たとえばこれで、名取との関係が深まったとしても、寛子は彼の傍で生きたいとは思わないだろうと思った。もしも、平田から遠ざかりたいばかりに、そんな馬鹿《ばか》げた決心をしたら、それこそ生涯後悔することは間違いない。

「あんまり遅くなると、オーナーが心配するかしら」

食事もあらかた済んで、話題も尽きた頃、寛子は自分から腰を浮かした。ほとんど泥酔《でいすい》に近い状態になっていた名取は何も言わず、勘定の際にも、寛子が「私が」と財布を取り出すのを、黙って眺めているだけだった。先に、ふらふらと店から出ていく彼の後を、紺と蛍光イエローの帽子を持ちながら、寛子は急いで追った。

「帰りは、大丈夫ですか。どこまで帰るの」

見送りに出てきた店の主人から、簡単に道順を教わると、寛子は「私が運転しますから」と相手を安心させて、オーナー所有の車に乗り込んだ。

「お客さんの、車?」

「借り物なんです。私の泊まってるペンションの車。彼の、先輩なんですって」

車を出すまで、主人は、ずっと見送ってくれていた。この辺りの人には、まだそういう人情が残っているのかも知れない。すっかり酔っている名取は、呂律《ろれつ》の回らない口で、ただ「ごちそうさん」を繰り返していた。

——こんな人で、弾みをつけようと思ってたなんて。

柄にもなく、妙な期待を抱いた自分が滑稽《こっけい》に思えてならなかった。名取は、車が走り始めると、いかにも気持ちよさそうに欠伸《あくび》をし、すぐに鼾《いびき》をかき始めた。馬鹿馬鹿しさに、つい苦笑しそうになりながら、寛子はペンションまでの暗い道を走った。

「どう、話は弾んだかね」

宿に戻ると、オーナーが、出かけるときとは打って変わった落ち着いた様子で迎えに出てきた。そして、助手席で軽い鼾をかいている名取に気付くと、苦笑しながら
「しょうがないな」と呟いた。

「せっかく、幼なじみと会えたっていうのに、無粋な奴《やつ》だ。でも、石井さんだから、

こんなに安心してるんですよ」

「さすがに先輩は、よくご存じなんですね。彼のこと」

嫌味を言うつもりはなかった。つい、相手の水臭さを皮肉りたい気持ちから出た言葉だった。

「こいつが、そう言いましたか。俺のことまで」

だが、オーナーは予想外に動揺した表情になり、それから慌《あわ》てて取り繕うような笑顔になると、「まいったな」と頭をかいた。何も「まいる」必要などないではないか、何故、そんなにも自分を警戒するのだろうと思いながら、寛子は名取を揺り起こそうとするオーナーをその場に残して、自分だけ先に、建物に入ってしまった。まるで、気の進まない接待の後のように、心は重く、憂鬱《ゆううつ》な疲れ方をしていた。

——眠ってくれて、よかった。何もなくて。

ベッドに横たわりながら、寛子は自分がいかにも浅ましい計算をしていたこと、儚《はかな》い望みを託そうとしていたことを悔いていた。そして、何事もなかったことを、心から感謝した。

翌朝も、目覚めたときには、窓の外に名取の姿があった。前日に続いて、やはり陽《ひ》射《ざ》しが強い。相変わらず例の帽子を被《かぶ》って、名取は黙々と作業している。だが、彼が常に意識の片隅で、この窓を見ている気がして、寛子は窓辺から離れた。昨夜の、酒に酔って顔を紅潮させ、目を据わらせて東京の悪口を言い続けていたときの、彼の姿が蘇《よみがえ》る。思い出なんて、そんなものだと思いながらも、やはり、苦々しい気持ちは拭《ぬぐ》い切れなかった。

「さっき、名取さんが来て、石井さんはいつまでいるんだろうって、聞いていきましたよ」

二組だけ泊まっていた客に混ざって、一人で朝食をとっていると、オーナー夫人が意味ありげな笑みを浮かべて話しかけてきた。出来れば今夜は、皆でバーベキューをしたいと彼が言い出していると聞かされて、寛子は曖昧《あいまい》に頷《うなず》くより他になかった。本当は、そろそろ帰ろうかと思っている。休暇はまだ残っているが、もはや、古ぼけた思い出しか残っていないこの地にとどまっている理由は、見つからなかった。

「どっちみち、もうすぐ東京へ帰られるんでしょうから、お別れパーティーになるかも知れないけど。ほら、今日も暑いみたいだし、外でやるには、最後のチャンスかも知れないでしょう？」

そこまで熱心に言われれば、断る理由はなかった。寛子は、オーナーたちの心遣いに感謝の言葉を言ったものの、途端に憂鬱になっていた。

——逆戻りしても、何の解決にもなりはしない。

過去になど、戻れるはずもない。そんなところに救いを求めれば、余計に疲れて面倒なことになる。それを、思い知っただけだった。

午前中いっぱい、普段と変わらずに過ごしながら、寛子はまだ迷っていた。昼食を済ませて部屋に戻り、昼寝でもしようか、それとも荷造りをするべきかと考えているときだった。砂利を飛ばして走ってくる、数台の車の音がしたかと思うと、にわかに階下が慌ただしくなった。やけに騒がしい客が来たものだと思いながら、聞くでもなく階下の様子を窺《うかが》っていると、「だめぇっ！」という悲鳴が響いた。寛子は、弾《はじ》かれたように立ち上がり、窓から顔を出した。いつもの帽子を被った名取と、エプロンをつけたままのオーナーが、どちらもワイシャツ姿の男に両脇《りょうわき》から挟まれて、車体の屋根に赤く点滅するランプのついている車に向かって歩いていくところだった。

「うちの人は、悪くないっ！　やめてぇっ！」

再び悲鳴が聞こえた。寛子は部屋を飛び出して、階段を駆け下りた。その間に、今度はサイレンを鳴らして、二台の車は砂利道を走り去っていた。

「何？　どうしたんですか」

玄関先で、呆然《ぼうぜん》と立ちすくんでいるオーナー夫人は蒼白《そうはく》な顔で、「だから、言ったのに」と呟《つぶや》いた。

「――あんな人をかくまうなって」

「あの、何が――」

「馬鹿なのよ！　油断して食事になんか行くから。せっかく今まで逃げ果《おお》せてきたっていうのに！」

　それだけ言うと、彼女はその場に泣き崩れた。何が何だか分からないまま、寛子は遠ざかるサイレンの音を聞いていた。外は、飛び交う赤とんぼが似合わないくらいに、夏の盛りを思わせる陽射しに満ちていた。

「――もしもし？」

「どこにいるんだ」

「――ちょっと、田舎に帰ってたのよ」

「何だ――心配したじゃないか。あんな風に、急に怒り出したと思ったら、突然いなくなるんだから」

「今夜、帰るわ」

「よかった――じゃあ、今夜、行くよ」

「仕事は? 大丈夫なの?」

「馬鹿。心配してたんだぞ。田舎に帰るなら、そう言えばいいのに」

「言ったら、追いかけてきてくれた?」

「——とにかく、早く帰ってこいよ。話はそれからだ」

「——そうね」

「お互いに、納得のいくようにしよう、な」

「すごい話があるの。幼なじみがね、人を殺して指名手配されてたのよ。私、何も知らなくて——」

「分かった、分かった。その話も、後で聞くから。早く帰ってこいよ」

悪魔の羽根

I

お陽様の匂《にお》いのする布団《ふとん》をぱんぱんと叩《たた》いていると、真っ青な空の遥《はる》か上空に、飛行機雲が出来ていくのが見えた。

「きれい――」

あれだけ高い位置を飛んでいるのなら、恐らく外国へ行く飛行機に違いない。陽射《ひざ》しを浴びて、きらきらと光りながら二筋の白い線を引いて飛ぶ姿は、まるで昼間に見える銀のほうき星のようだ。

「どこまで、行くんだろう」

細田マイラは竹製の布団叩きを握ったまま、秋の陽射しを浴びて、飛行機雲を見上げていた。飛行機雲は、南の方角へ伸びていく。もしかすると、あの飛行機は故郷のマニラへ向かっているのかも知れない。そう考えると、無理だと分かっていながら、馬鹿《ばか》馬鹿しい想像だと知りながら、今すぐにでも、あの飛行機に飛び乗りたい衝動が起こる。

——ママ、私は元気よ。この国で、幸せに暮らしてる。

「ママ！」

ふいに高く澄んだ声が聞こえた。反射的に声の方を見下ろすと、小さな背中が隠れるほどのランドセルを背負った譲が、街路樹の向こうから、ぱたぱたと走ってくるのが見えた。

「おかえりぃ！」

マイラは、息子に負けないほどの大きな声を出して、笑顔で手を振ってみせた。譲はランドセルを揺らして、社宅の入り口に向かって一目散に走ってくる。マイラは、大急ぎで布団を取り込み、部屋中に積み上げられている段ボール箱をかき分けて、小走りで玄関に向かった。リビングでおとなしくビデオを見ていたマリアが、「お兄ちゃん？」と振り返った。マイラは「そうよ！」と答えながら、サンダルを引っかけ、鉄製の玄関の扉を開いた。

「ゴールイン！」

運動会の練習が始まって以来、譲はこのひと言が気に入っているらしい。先週の本番ではビリっけつだったのだが、本人は一向に気になっていない様子で、とにかく

「ヨーイドン」と「ゴールイン」さえ言ってやれば、張り切った顔になるのだ。だが、今日の譲の表情は、いつもほど晴れやかとは言えなかった。

「――皆に、ちゃんとサヨナラ言えた？」

抱きしめた息子の小さな両肩に手をおいて、マイラは腰を屈《かが》め、正面から彼の瞳《ひとみ》を見つめた。まだ息を切らしている譲は、今にも泣き出しそうに口元を歪《ゆが》めた。

「偉かったね――さ、入ろうか。おやつがあるよ。マリア、お兄ちゃんを待ってたんだよ」

マイラは、涙をこらえているらしい息子の髪を撫《な》でながら、出来るだけ優しく彼のランドセルを下ろしてやり、その小さな背中を押した。譲が洗面所に行く間に、「ドーナツ、ドーナツ」と飛び跳ねているマリアの待つキッチンに戻り、さっき揚げたドーナツと、冷たいミルクを用意する。洗面所からは、からからとうがいをする音が聞こえてきた。

「ほら、マリア、ちゃんと座ろうね」

幼児用の小さな椅子《いす》にマリアを抱き上げて座らせている間に、譲が戻ってきた。やはり、相変わらず憂鬱《ゆううつ》そうな顔だ。マイラは二人の子どもとともに自分もテーブルに向かい、両手を合わせた。二人の子どもは、母を真似《まね》て自分たちも小さな手を合わせる。

「主よ、感謝します」

言うが早いかドーナツに手を伸ばす妹を横目でちらりと見、譲は一人前の大人のようにため息をついた。

「どうしたの。食べないの？」

マイラは、わざと明るく息子に聞いた。

「――どうしても、お引っ越ししなきゃ、いけないの？　高橋くん家《ち》は、お父さんだけが遠くに行ってるんだって」

一人でぱくぱくとドーナツを頬張っているマリアの横で、口を尖《とが》らせたままで俯《うつむ》いている譲を、マイラはじっと見た。確かに、親の都合で、大好きな学校や友達から離れなければならないのは、辛《つら》いことに違いない。マイラだって胸が痛む。だが、もう決めたことだ。引っ越しは、明後日に迫っている。

「パパを独りぼっちにするの？　今頃、早く譲やマリアに会いたいなあって、待ってるのに」

「マリア、パパに会いたい！」

マリアは、まだ幼稚園の年少組だった。自分の環境が変わることについて、譲ほどの不安も何も抱いてはいない。だが、二年生になった譲は、身体《からだ》は平均よりも小さいが、何事にも慎重で、すぐに考え込むところがあった。

「いい？　家族は、いつも一緒にいるものなの。パパとママと、譲とマリアが、うちの家族でしょう？　パパは皆のために働いてるんだから、パパがお仕事で遠くに行くときには、皆も行くの。そう、話したでしょう？」

「じゃあ、どうして高橋くんのお父さんは一人で遠くに行ったの？」

マイラは、大きな丸いドーナツを半分に割り、その一方を譲に渡して、自分も半分を口に運びながら、「ううん」と考える顔をしてみせた。そんな母親を見守る譲は、大きな丸い目をした少年だった。その瞳は、マイラに似ている。そして、その肌もマイラと同じ色だった。

「高橋くんのお家《うち》のことは、そのお家の人にしか分からないでしょう」

「――そうだけど」

小さな口を開けて、譲はやっとドーナツをかじり始めた。

「ママも、フィリピンから日本に来るときには、淋《さび》しかったよ。お祖父《じい》ちゃんやお祖母《ばあ》ちゃんと離れて暮らすのは、とても心配だった」

マイラは微笑《ほほえ》みながら譲の頭を撫でた。

「でも、パパと結婚して、譲やマリアが生まれたから、ママは淋しくなくなったの。家族が一緒にいるから、平気なの」

ドーナツを頬張りながら、譲は懸命に何かを考えている様子だった。そして、マイラが手渡した半分のドーナツを食べ終える頃には、諦《あきら》めた表情になっていた。

「――僕、約束したんだ。転校しても、皆にお手紙書くって」

言いながら、再び泣きそうな顔になる。マイラは、息子の小さな頭を撫で、心の中で「ごめんね」と言っていた。

「すぐに、新しいお友達が出来るよ」

「――本当？」

「大丈夫！　すぐに、皆の人気者になるに決まってる」

「ママ、ママ、マリアは？」

「マリアも、人気者だよね」

これから先にも、子どもたちには何度か転校の悲しさを経験させなければならないことだろう。夫の卓也《たくや》が銀行を辞めない限りは、そういう生活が続いていくはずだ。

だが、マイラは、どこまでも卓也についていく決心をしていた。

「新潟はねえ、美味《おい》しいものがいっぱいあってね、遊ぶ場所もたくさんあるんだって。

冬になったら、そのお砂糖みたいにね、真っ白い雪がいっぱい降るんだって」

雪と聞くと、次のドーナツに手を伸ばしかけていた譲の表情は途端に明るくなった。

「僕、スキーしたい！」

「マリアも！」

子どもたちは、まだ本物の雪を見たことがない。それは、マイラも同様だった。

2

マイラが日本に興味を持ったのは、考えてみれば当然の成りゆきだったと思う。マイラの父は日系の企業に勤めていて、家族の生活は安定していたし、近所の友達にも日本人の子どもが多かった。彼らを通して、マイラは日本が経済的に豊かなばかりでなく、四季の移り変わりがあり、豊かな自然に恵まれている国であることを知った。だからこそ、マイラは大学で日本語と日本の歴史を学び、その上で、この国に来たのだった。最初は福岡に着いた。そこから長崎に行き、英語とフィリピン語の通訳をしているうちに卓也と知り合ったのだ。

「ママ、雪も甘い？」

「どうだろう。降ったら、食べてみようか」

「ねえ、ママ、クラスの皆に雪を送ってあげられるかな」

「難しいと思うよ。雪はもともとはお水なんだもの。溶けちゃうでしょう?」

目の大きな譲と、茶色い巻き毛のマリアは、マイラが日本で得た最高の宝だった。二人の子どもを産んで、マイラはこの日本に骨を埋める覚悟を決めた。見知らぬ国で生きていくためには、ある程度の覚悟と決心が必要だ。不自由や不満があるとしても、フィリピンは遠く、簡単に泣いて帰れる距離ではなかった。だから、マイラは決心していた。卓也と子どもたちのためにも、もっと日本を知り、もっと日本を好きになりたかった。

翌日、運送屋が荷物のすべてを運び出していった。さらにその翌日、マイラは二人の子どもを連れて、三年間過ごした宮崎を後にすることになった。

「同じ銀行にいるんだもの、きっとまた、会えるときが来るわよね」

「うちの子、譲くんがいなくなったら、がっかりするわ」

「今度から、英語を教えてくれる人がいなくなるわねえ」

見送りに来てくれた人たちは、いかにも名残惜しそうに、口々に別れの言葉を言ってくれた。マイラは彼女たちに感謝し、再会を誓い合った。

まず福岡まで飛行機で出て、さらに新潟行きの飛行機に乗り継ぐ。マイラは、数年ぶりに訪れた福岡空港を懐《なつ》かしく感じ、乗る便さえ違っていれば、このままマニラに戻ることも可能なのだなと考えた。だが、行く方向がまるで逆だ。これからマイラは二人の子どもを連れて、夫の待つ北へと向かう。

――サヨナラ、宮崎、サヨナラ、九州。

離陸のとき、マイラはそっと呟《つぶや》いた。想像もしていなかった心細さが、ふいに襲いかかってきた。考えてみれば、十年近く暮らした九州は、日本の故郷のようなものだった。今、その土地から離れて、マイラは再び見知らぬところへ向かっている。これから先、一体幾つの土地に別れを告げるのだろう、一生、こうして移動を繰り返すのだろうかと考えると、情けない気分にもなる。

――でも、大丈夫。私には卓也と、二人の子どもがいる。だから、大丈夫。

「ママ、ママ、海が見える」

「あ、マリアにも見せて」

飛行機に乗って、すっかりはしゃいでいる子どもたちに微笑みかけながら、マイラは、ほうっと息を吐き出した。今はとにかく、二週間も会っていない夫に会えるだけで、胸が高鳴る思いだった。

新潟空港に着いたのは、午後三時にもならない時刻だった。いつもならば、日当たりの良い部屋で、子どもたちとおやつを食べている時刻だ。あまりにもあっけない旅に、少しばかり拍子抜けしたような気分で、マイラは迎えに来てくれた卓也との再会を果たした。

「荷物は、ちゃんと着いた？」

「今朝、着いたよ。もうすっかり、片付いてるさ」

卓也は案外元気そうだった。彼は、子どもたちを順番に抱きしめ、「さあ、行こう」とマイラに微笑みかけた。

「新しいお家が、待ってるよ」

それは、マイラの大好きな笑顔だった。優しく、温かく、何よりもマイラを安心させてくれる笑顔だ。たとえ喧嘩《けんか》をしても、他で嫌なことがあったときも、マイラは卓也の笑顔さえあれば、すぐに元気になることが出来た。

「新しい家はここからどれくらい？」

「車で、二時間くらいかな。新幹線も使えるけど、それでも途中までだ」

ハンドルを握りながら、卓也はマイラと離れていた間の話をしてくれた。さすがに米の飯が旨《うま》いと言って、彼は目を細めた。マイラは、窓の外を流れる風景を眺めながら、何となく色彩のない土地だという印象を抱いていた。

「そりゃあ、宮崎に比べれば陽射《ひざ》しも何も違うからな。だけど、これが日本の演歌の世界なんだ」

「演歌の、世界」

分かったような分からないような説明だった。

「パパ、雪は？」

「雪は、まだだよ。今は、紅葉の季節なんだ」

「パパ、マリアのクマさんもお引っ越ししてきた？」

「マリアのクマさんは、もうマリアを待ってるよ」

少しでも父親と話したがる二人の子どもに邪魔をされながら、マイラたちは新居に向かった。おんぼろだから覚悟しておけと言われて、「古いのくらい、平気よ」と答えたときには、まだまだマイラの胸は希望で膨らんでいた。

3

鼻先を流れる微《かす》かな冷気が浅い眠りを妨げた。薄く目を開き、ぼんやりと室内を見回すと、マリアが部屋の窓を開けて立っている。

「寒いよ、マリア！」

驚いたように振り向いた娘は、「閉めてっ」というマイラのひと言に、大急ぎで窓を閉めた。そして、おそるおそる母親に歩み寄り、自分もそっとコタツに足を入れる。マイラは、また怒鳴ってしまったと思いながら、ため息をついた。

「ママ――病気なの？」

テーブルに布団《ふとん》をかけて身体を温める暖房器具は、部屋を狭くするから、最初は嫌いだった。だが今は、マイラは一日の大半を、このコタツに足を入れて過ごしている。娘の質問に答える気にもなれず、ただ首を横に振ると、頭の芯《しん》が鈍く痛んだ。

「でも、ママ、寝てばっかり」

娘に言われるまでもなく、マイラもそれは分かっていた。以前はそんなことはなかったのだが、とにかく何をする気にもなれないのだ。いつでも頭の中に霞《かすみ》がかかっているようで、まるではっきりしない。

「――ママ、おやつは？」

すっかり怯《おび》えた表情のマリアは、か細い声でなおも聞いてきた。マイラは、うんざりしたようにため息をつき、「おやつね」と答えた。のろのろとコタツから出て、ひんやりとするキッチンへ向かう。その、わずか数歩の間に、もう苛立《いらだ》ち始める。幾つもの小物掛けが、そこかしこにぶら下がっていて、行く手を阻《はば》むのだ。とにかく、部屋中のあらゆるところに乾かない洗濯物を干している。そうでもしなければ、一家四人の洗濯物が、まるで乾かないからだった。

——何とかしろよ、この洗濯物。家の中が余計に陰気臭いじゃないか。

今朝も、卓也は出がけに吐き捨てるように言っていった。何とか出来るものなら、こっちだってしたいのだ。だが、何でもかんでも乾燥機を使うというわけにはいかない。洗濯をしないというわけにもいかないのだから、こうするより他に、しょうがなかった。

——だったら、乾燥室でもある部屋にしてよね。

どう見ても築二十年以上はたっていると思われるマンションは、マンションとは名ばかりの、ただの鉄筋アパートだった。最初に「古いのくらい、平気よ」などと言ったことが、今更ながらに悔やまれる。社宅として借り受けるならば、どうしてもっとまともな建物を探してくれないのかと、マイラは幾度となく卓也に文句を言った。だが、本来の家族寮が一杯で、空きがないのだから仕方がないではないかと言われれば、それまでだった。

――凍え死にしろとでも、いうのかしら。

台所にたどり着くと、マイラはのろのろと電気をつけ、またもやため息をついた。息が白く見えて、冷え冷えとした空間に溶けていく。

「今日のおやつ、なあに?」

後ろから、マリアがぱたぱたとついてきた。小さなときから、いつでもスカートをはかせてきた娘は、今はピンク色の長ズボンに、赤いセーターを着ている。まるで、よその子どものような印象を受ける娘を振り返りもせず、マイラはぼんやりと答えた。

「――ポテトチップス」

「またあ? マリア、ママのクッキーが食べたい」

「――今度ね」

足元からしんしんと冷気が押し寄せてくる。湿気が強い上、昼間でも電気をつけなければならないような台所になって以来、マイラは以前のようにドーナツを揚げたり、ケーキやクッキーを焼くこともなくなった。とてもではないが、そんな気になれない。天井の四隅には黒黴《かび》の痕《あと》が残っているし、調理台も狭くて、とても料理を楽しめるような雰囲気の台所ではないのだ。

「お祈り、してね」

居間に戻り、コタツに入って、小さな手を合わせた後、ポテトチップスを食べ始める娘をぼんやりと眺めながら、マイラはまたため息をついた。本当は、ベッドに潜り込みたい。何もせず、ただ眠っていたい。だが、まだ布団乾燥機をかけている最中だし、病気でもないのにごろごろするなと、それは昨日、卓也に言われたことだった。

このところ、卓也は一日に一度は何かの文句を言う。

「おやつ食べたら、お外で遊んでもいい?」

「少しならね」

やはり、日本人の血を引いているからだろうか、それとも単に幼いからか、子どもたちは、この寒さを何とも感じていないらしい。最初は新しい環境に馴染《なじ》めるだろうかと心配していた譲は、冬休みに入ってからも毎日元気に学校のスキー教室に行っているし、マリアも風邪ひとつひかずに、雪の上で遊ぶのを楽しみにしているのだ。マイラは、そんな子どもたちを羨《うらや》ましく思い、その一方で、自分一人が置いてけぼりを食っている気分にもなった。ここの寒さは、フィリピンにいる両親などには、想像もつかないに違いない。

「ねえ、ママ。今度、本当にスキーに行く?」

ミルクで鼻の下に白髭《しらひげ》を作りながら、マリアが言った。そういえば今朝、卓也が子どもたちに約束していたのだ。今度の休みには、一家で山までスキーに行こうと。子どもたちは大はしゃぎだったが、マイラは話を聞いただけで身体《からだ》を震わせた。どうしてわざわざ雪の降る中に出ていかなければならないのだ、買い物に出るだけでも、いつも滑って転びそうになるというのに、どうしてこれ以上滑る必要があるのだと言いたかった。

「マリアね、パパとソリするの」

「――そう」

「サンタさんがくれたソリでね、遊ぶんだ」

「――――」

「あとね、大っきい、大っきい雪だるまもね、作るんだよ」

うんざりだ。返事をする気にもなれない。マイラは大きな欠伸《あくび》をし、水滴がびっしよりついている窓を見た。その向こうは灰色一色だ。これが空かと思うような、薄汚れた灰色が、来る日も来る日も広がっている。その空から、ゴミ屑《くず》のような雪が、ただ音もなく、後から後から舞い降りてくる。

――雪なんか。

こんなものを、どうして美しいなどと思っていたのだろう。今となっては、初めて雪を見たときに、あんなに喜んだ自分が愚かにさえ思えてくる。あのときは確か、マイラは卓也にこんな感想を洩《も》らしたものだ。小さな天使が、大勢で舞い降りてくるみたいね——。

——冗談じゃない。雪は、清らかでも美しくもない、ただの恐ろしい悪魔の羽根じゃないの。

目をつぶると、宮崎の社宅から見えた風景が蘇《よみがえ》る。冬になっても気候は温暖で、いたるところにフェニックスの木が植わっていた。少し行けば、青く澄んだ海があったし、広々と広がる平野は、いつも緑色だった。それらのすべてが懐かしい。今すぐにでも、飛んで帰りたいとさえ思う。だが、社宅には新しい住人が入っているだろうし、もともと仮住まいだった土地には、頼れる親戚《しんせき》なども、ありはしない。

「マぁマぁ。だるまさん、一緒に作るんでしょう?」

勿論《もちろん》マイラだって、九州から着いた当初は、この新しい土地に一日も早く馴染み、好きになろうと懸命だった。宮崎とは異なるけれど、連なる山々の表情も広がる田畑も、荒々しい波が打ち寄せる日本海も、そこには独特の風情《ふぜい》があった。強烈な色彩を放つのではなく、すべてのエネルギーを内に秘めたような、そんな神秘的な印象さえ受けたものだ。この環境に、自分が同化できるとは思えないが、馴染むことならば可能だと思った。溶け込むことは無理でも、調和をとることは出来るはずだと、そんなことばかり考えていた。

だが、十一月に入った頃から、マイラはかつて経験したことのない寒さを感じるようになった。特に朝晩の冷え込みには驚かされた。さらに、天気の悪い日が続くようになった。来る日も来る日も、どんよりとした雲が低く立ちこめる。一体どういうことなのだろう、地球全体が厚い雲に閉ざされてしまったのだろうかと、そんなことさえ考えたくなる天気だった。陽射しがなくなり、気温が低くなるにつれて、マイラは鬱々《うつうつ》とした気分で日々を過ごすようになった。そんなある日、音もなく雪が降り始めたのだ。灰色の雲から、ひらり、ひらりと降りてきて、やがて、美しい水墨画のような世界が出来上がった。

「卓也、見て、雪よ！」

初めて雪を見た朝、マイラは窓を開け放ち、まだ眠っている夫を揺り起こしてはしゃいだ。子どもたちも起こし、全員で白い刷毛《はけ》で掃いたような景色を眺めたのは、ついニカ月ほど前のことだ。

縮みあがるような寒さの中で、マイラは、これだけ美しい雪を眺めて暮らせるのならば、こんな寒さにも耐えられるとさえ思ったものだ。あの時は。

すべては甘かった。降ってはやみ、やんでは降っていたような時期が過ぎ、やがて雪は来る日も来る日も降り続くようになった。あんなに細かい、掌《てのひら》にのせれば瞬《また》く間に溶けて消えてしまうような儚《はかな》い雪は、一見しただけでは分からないふてぶてしさで、マイラの周囲の何もかもを被《おお》いつくし、占領し、居座った。もう十分ではないかと思うのに、さらに見る間に積もっていく様を眺めるうち、マイラは少しずつ息苦しさを覚え始めたのだ。

「ねえ、マぁマぁ」

色のない世界は、人の気持ちさえ呑《の》み込もうとするのだろうか。マイラは日に日に何をするのも億劫《おっくう》になり、苛立ち、憂鬱になっていった。布団は干せない、洗濯物は乾かない、買い物ひとつするのでも、相当な決心をしなければならない。ちょっとサンダルを引っかけ、自転車にまたがって、というわけにはいかないのだ。乾いた風に吹かれて笑いたい、お陽様の匂《にお》いのする布団で眠りたい、素足で外を歩きたい——そんなことは夢の夢だった。朝、起きると、昨日と変わらない白い世界が広がっている。奇妙に静かな、まるで動かない世界。雪は、景色ばかりでなく、生活の音までも消してしまうものらしかった。もう、それだけで、マイラは泣き出したいほどに憂鬱になる。

「ママってばぁ」

一日は、まず雪かきから始まる。ひと晩で積もってしまった雪を、卓也を手伝ってかき出さなければ、車さえも出すことが出来ないのだ。真綿のような雪が、実際にはこんなにも重く、生活に深刻な影響を及ぼすものだということも、マイラは初めて学んだ。

「——なあに」

「今日、お買い物に行く？」

「——行かない」

「今日も？　どうして？」

「————」

「ママ、どっこも行かないねえ」

娘の言う通りだった。クリスマスが過ぎ、年が明けてから、マイラはまったく外へ出なくなっていた。正月くらいまでは、何とか元気でいられたのだが、寝ても覚めても、とにかく憂鬱でたまらないのだ。第一、この寒さがたまらない。意味もなく涙さえ浮かぶこともあり、やたらとマニラの両親、兄弟のことや、幼い日々のことなどが思い出された。

——全部、雪のせい。

まるで雪をスクリーンにしているかのように、昔のことばかりが蘇った。それから今の自分に気付き、もしかしたらもう二度と、この雪の中から逃れ出られないのではないかと、今にも死んでしまいそうな気持ちになった。これが自分かと思うほど、陰気な性格に変わってしまったと思う。だが、どうすることも出来なかった。とにかく、一面の雪景色を見るだけで、何もかも投げ出したくなるのだ。

「お兄ちゃんがスキー滑れるようになったらね、マリアね、お兄ちゃんとね——」

「ちょっと、黙ってて！」

いけない、また怒鳴ってしまったと思ったときには、目の前のマリアはすっかり怯えた表情になって、目を潤《うる》ませていた。マイラは、何を言うことも出来ずに、つい娘から目をそらしてしまった。とにかく、一人になりたくてたまらない。

「——ごちそ、さま」

か細い声で、それだけ言うと、マリアはコタツから抜け出し、マイラのことを何度も振り返りながら子ども部屋に行ってしまった。きっと、またベッドに潜り込んで泣いているのだろう。可哀想《かわいそう》に、寒い部屋で、ママを怖がって泣いている。このところ、そんなことは珍しくなかったのだ。

――でも、一人にさせて。お願い。

申し訳ないと思いながら、どうすることもできなかった。マイラは、コタツに突っ伏し、ほうっと息を吐き出した。一体、一日に何回ため息をつけばよいのだろう。何回ため息をついたら、雪を溶かし、この世界から抜け出すことが出来るのだろう。宮崎の、いや、フィリピンの青い空、輝く太陽が懐《なつ》かしくてたまらなかった。

4

マイラにとって、雪の空は、白い悪魔が羽ばたいているようにしか思えなかった。翼から抜け落ちた彼らの羽根が、音もなく降り注いでくる。すべての生命を封じ込め、押しつぶし、身動きも出来なくさせるために。

――決して、天使なんかじゃない。

来る日も来る日も、窓の外を眺めながら、マイラは呟《つぶや》いていた。雪は、今日も音もなく降り続けていた。それは、悲しみ、憎しみ、恨み、後悔――そんな感情と似ていた。喜びは、すぐに弾《はじ》け飛び、周囲にきらきらと散らばっていく。だが、雪は、寒々と、ただ降り積もっていくのだ。決して消えることなく、どこまでも、どこまでも積み重なっていく。やがて、くたびれ果てた人を押しつぶし、息の根を止めるまで、悪魔は羽ばたき続けることだろう。

——何も、見えない。何も、聞こえない。

ただ、白い世界だけが広がっている。まるで、子どもが絵を描くときに使う、真っ白い画用紙のような世界。時の流れさえも吸い込んでしまいそうな、無の世界。そればかりではない。この世界は、あまりにも冷たかった。どれほど歩み寄ろうとしても、とても近付くことなど許されないほど、冷えきっていた。

——ここから出して。ここから、出たい。

マイラは、窓ガラスに白い息を吹きかけながら、ひたすら心の中で呟いていた。あの世界は、マイラの心の世界そのものだった。まだ生きている、息もしているはずなのに、マイラ自身が、悪魔の羽根に降り込められようとしていた。頭の芯《しん》が、ぼんやりと霞《かす》んでいる。もうすぐ息も出来なくなりそうだ。生命が、ぽつりと画用紙に滴《したた》り落ちて、そのまま吸い込まれていきそうだった。

卓也から「痩《や》せたんじゃないか」と言われたのは、それから二、三日たった夜のことだった。

「そんなこと、ないと思うけど」

「そうだよなあ。具合が悪くなるわけが、ないよな。ほとんど出かけないで、ずっとごろごろしてるだけなんだから」

転勤して以来、卓也は以前よりもかなり多忙な日々を過ごすようになっていた。帰宅も遅い日が続き、出張も多くて、家族で食卓を囲む機会もずっと減っている。だが、その日は珍しく早く帰ってきて、久しぶりに四人で夕食をとることが出来た。マイラは、マリアが卓也に何かの告げ口をするのではないかと、内心で冷や冷やしていた。だが、どうでも良いことだ。どうせ都合の良いときだけ子どもたちと遊ぶ程度の卓也に、マイラの気持ちなど分かるはずがない。

「何だか、先週早かったときも、こんなおかずだったな」

冷凍のコロッケとマカロニサラダを眺めながら、マイラは、そうだったかも知れないと思った。だが、昨日と同じというわけではないではないか。たまにしか早く帰ってこないからメニューが重なるのだ。

「こっちは魚が旨《うま》いんだぞ。市場に行けば、活《い》きのいいのがたくさんあるだろう」

「――そう」

「不精しないで、少しは歩けよ。雪がひどくたって、バスは動いてるんだから」

「――そうね」

元はといえば、彼が銀行員だからいけないのだ。過ごしやすく、暮らしやすかった宮崎から離れて、こんな寒い土地で暮らさなければならないのも、彼のせいだという考えが、マイラの中で少しずつ育っていた。

「そうしたら、パパ、スキーは銀行の人たちも一緒に行くの?」

「そうだよ。大きい車を借りて、皆で行こうっていうことになったんだ」

卓也は、すぐにマイラから興味をそらし、子どもたちと今度のスキー行きの話を続ける。マイラ一人が、ぼんやりとして、美味《おい》しいとも思えない食事を、ぼそぼそとつまんでいた。

「ママはごろごろするのが好きらしいから、雪の上を転がしたら、ママの雪だるまになるな」

卓也の言葉に、マリアがきゃっきゃと笑った。さりげなく見たつもりだったのに、だが、娘はマイラと目が合うと、慌《あわ》てたように口を噤《つぐ》んだ。

——何よ、人を馬鹿《ばか》にして。

卓也が、おや、という顔でマリアを見、次いで、少しばかり険悪な表情でマイラを見る。だが、マイラは知らん顔をしていた。

「——何か、あったのかな?」

「べつに」

彼には分からないのだ。寒さに対しても雪に対しても、卓也は、マイラとは違う感覚を持っているに違いなかった。

「マリア、どうした？　ママに、叱《しか》られたのかな」

「――家にいない人には、分からないわ」

ぴしゃりと言うと、さすがの卓也もむっとした顔になった。

「そういう言い方は、ないだろう。昼間、いないから、聞いてるんじゃないか。どうしたんだよ、マイラ。最近、おかしいよ」

「べつに」

この頃、マイラは卓也が憎らしく思えることがあった。家族をこんな土地まで呼び寄せて、平気で毎朝の雪かきを手伝わせる夫、夜にしても、身体《からだ》が冷たくて眠れないマイラの隣で、すぐに健康そのものの寝息をたてる彼が、マイラにはひどく無神経な存在に思われてならなかったのだ。たまに早く帰ってきて、「どうした」と聞かれたところで、簡単に答えられるはずがない。一日中、息も詰まりそうな冷たい世界に閉じこもっているマイラの気持ちなど、彼に分かろうはずがない。

「退屈すぎるんじゃないのか？　今日だって、家から一歩も出てないんだろう」

「――だって、雪だもの」

「そんなこと言ってたら、春まで一歩も出られないっていうことだぞ。それなりの環境を、楽しむんじゃなかったのか?」

卓也は「ママは本当に寒がりだねえ」と子どもたちに笑いかけ、怯《おび》えた表情のマリアを、何とか励まそうとしている。

「とにかくママも、スキーウェアを買わなきゃな」

「私――行きたくない」

マイラは、卓也を見もせず、「家に、いる」と呟いた。子どもたちには可哀想だとは思うのだが、自分でもどうすることも出来なかった。

「それが、いけないんだよ。身体を動かしてれば、寒くなんかないさ。それに、少しは雪も好きになるかも知れないじゃないか」

これまでマイラは、卓也に何の不満も抱いたことはなかった。だが最近になって、「どうして?」と思うことばかりが増えている。どうして、この寒さが平気? どうして雪を楽しめる? どうして青空がなくても大丈夫? どうして、暖かい国から来た私の辛《つら》さが分からない? どうして、どうして?

「せっかく雪国にいるんだからさ、楽しめることを見つけなきゃ、損だろう?」

「行きたくない。雪なんか、大嫌い」

卓也は困ったような笑顔になり、子どもたちの手前、何とかしてこの場を取り繕おうとしている様子だった。だが、そんな笑顔さえ、マイラには無神経で底意地の悪いものに思われた。何を笑うことがあるのだ、こちらは深刻なのにと言いたかった。

「変なママだなあ。スキーは面白いのになあ。なあ、譲」

おどけたような口調で言う卓也に、そのとき初めて、譲が「ねえ」と口を開いた。

そういえば、スキー教室から戻ってきて、今日は譲は遊びに行かなかった。だが、マイラには、そんな息子を案じる気持ちの余裕がなかった。「ゴールイン」も、もう何カ月もしてやっていない。

「じゃぱゆきさんて、何?」

あまりに唐突な質問に、一瞬、眠気が覚めたような感じがした。目の前の卓也も、少しばかり驚いた顔になって「え?」と息子を見ている。譲は少しばかり口ごもりながら、「聞かれたんだ」と呟いた。

「『細田くんのお母さんは、じゃぱゆきさんなの?』って」

「誰に」

「スキー教室の友達に」

以前にも、マイラは同様の噂《うわさ》をたてられたり、質問を受けたことがある。フィリピンから来たというだけで、皆が自分を哀れな出稼ぎ労働者とみなすことに、大きな抵抗と怒りを感じた。その一方で、同じ国から来た貧しい娘たちの報道に接する度に、複雑な気持ちにもなり、悲しみも感じてきた。

「じゃぱゆきさん、か」

卓也自身、家族や親戚《しんせき》、職場の人たちから、同様の誤解を受けてずいぶん苦労してきた。だが、そんな問題が起きたのは、常にマイラが姿を見せた直後のことだ。彼らはマイラに会い、話をすることで、すぐに理解してくれた。この町に越してきて、既に三カ月以上が過ぎている。それだけの間も、誰もが陰で何かを噂し合っていたということなのだろうか。マイラは、目の前が真っ暗になる思いだった。「道理で」という言葉が思い浮かんだ。

マイラが外に出なくなった理由の一つには、いつまでたっても親しい人が出来ない、ということもあったのだ。引っ越しの挨拶《あいさつ》に回ったときから、近所の人たちは、誰もがマイラを避けているような素振りを見せた。挨拶しようとしても、すっと横を向かれてしまう、何かを聞きに行っても「さあ」などと言って、逃げられる。だから、マイラはますます孤立していった。

「じゃぱゆきさんっていうのはなあ――」

「大っ嫌い！　大っ嫌いよ、こんなところ！」

言い終わる前に、もうマイラは立ち上がっていた。正面で、卓也が驚いたようにこちらを見上げている。二人の子どもは、怯えたように全身を硬直させていた。

「陰険！　どして、どして、すぐに聞かないの？　この町の人たちは、フィリピン人なら誰でもじゃぱゆきさんだと思うの？」

そのまま、マイラは寝室に飛び込んでしまった。温めていない部屋は、凍えるように寒かった。服を着たままベッドに入り、マイラは声を上げて泣いた。

――子どもたちの前で喧嘩《けんか》はしないこと、子どもたちに涙は見せないこと。いつも、夫婦で約束し合ってきたことだ。それをついに破ってしまった。だが、もう限界だった。こんな町に、来なければよかった。悪魔が羽根を散らすような土地に来たのが間違いなのだと、そう思えてならなかった。

それ以来、マイラはますます話をしなくなった。次の休日のスキーも、もちろん行かなかった。子どもたちもいない、しんと静まり返った薄暗いマンションで、マイラは一日中、ベッドから出もしなかった。

じゃぱゆきさんの噂に関しては、あの夜のうちに、卓也がきちんと説明してくれたようだった。譲も、その友達に、自分の母親はじゃぱゆきさんなどではないと、はっきりと言ったと報告した。だが、それでもマイラの気持ちは一向に晴れることがなかった。問題は、そんなことではない。とにかく、この雪、真っ白い悪魔の羽根が耐えられないのだ。

「春になれば消えるんだし、どうせ一生暮らす町でもないんだから、少しの間くらい、我慢してくれよ」

そう言ってマイラをなだめようとする卓也さえ、今となっては、信じられなくなりそうだった。他の人は、どうだか知らない、だがとにかく、マイラはこの白い世界がいやなのだ、苦しくてたまらないと、何度説明しても、彼は分かろうとしてはくれなかった。寒いのが好きな者などいるはずがないではないか。雪が辛くない人間など、いはしない。すべてはマイラの我儘《わがまま》だと、そのひと言で片付けられてしまった。

——どうせ、同じ日本人なんだもの。彼もああいう人たちの仲間なんだ。

日に日に、そんな思いが育っていった。マイラは、子どもたちからも恐れられ、卓也からも敬遠されたまま、心の底まで冷えきっていった。

5

外から、微《かす》かに子どもたちの歓声が聞こえてくる。コタツに入ったまま、つけっぱなしにしているテレビも見ず、ただごろりとしていたマイラは、寝返りを打つと同時に、窓辺を見た。日曜日の今日、天気は比較的安定しているようで、珍しく薄日が射《さ》した。だがそれは、マイラが知っている陽の光とは、似ても似つかないものだ。弱々しく、輪郭もなく、あまりにも頼りない。

「ほら、行くぞっ」

卓也の潑剌《はつらつ》とした声が聞こえてくる。それに続いて、子どもたちの弾《はじ》けるような笑い声が響いた。二人の子どもを連れて、一週間分の食料を買いに行ったはずだったのに、荷物を家に運び込む前に、彼らはもう遊び始めたようだった。

――どうせ、私を避けてるんでしょう。

「あっ、冷たいっ、やったなぁ」

「あ、ずるいよ、パパっ」

声だけを聞いていれば、この上もなく穏やかな休日の午後だった。マイラは、のろのろと窓辺に立ち、曇っている窓ガラスを、そっと手で拭《ぬぐ》った。薄日の中で、卓也と子どもたちが、雪の上で転げ回りながら遊んでいるのが見える。

——誰が洗濯すると思ってるの。乾かなければ、文句ばかり言うくせに。

怒るようなことではないと分かっていながら、そんなことまでが憂鬱《ゆううつ》を通り越して苛立《いらだ》ちの種になる。

「チビたちが、怖がってるぞ。何とかならないのかよ、その顔」

最近、卓也は汚いものでも見るような目つきで、そんなことまで言うようにさえなっていた。確かに、たかだか数カ月の間に、夜も眠れず、体重も減ってきたマイラは、自分でもぞっとするほどに、老婆《ろうば》のように顔つきが変わっていた。

——一体、誰のせいで、こんな顔になったと思ってるの。

こんなことならば、譲が望んだ通りに、卓也には一人で来てもらえばよかったのだ。月に一度程度、会いに来るくらいならば、マイラだってその都度、新鮮な気持ちでこの憎々しい雪を眺めることが出来たかも知れない。

——何もかも、あの人のせいじゃないの。それなのに、子どもたちまで私から引き離して。

小やみになっていた雪が、再び舞い降りてきている。上空で、何をそんなに喜んで羽ばたいているのだろう。悪魔の奴《やつ》、マイラを押しつぶそうとすることが、そんなにも嬉《うれ》しいのか。マイラには、灰色に塗りつぶされていく視界の中で、耳まで裂けた大きな口を開けて笑っている悪魔の顔が見える気がしてならなかった。悪魔が、マイラから家族を奪い去ろうとしているのだ。その顔が、卓也とだぶっていく。

「おっ、うまいうまい！　さすがだなあ、譲」

「ああん、パパ、マリアも！」

子どもたちのはしゃぐ声を聞いたその瞬間、マイラは雷に打たれたような衝撃を受けた。すべては、卓也の計画だったのではないだろうかという思いが、突然ひらめいたのだ。そう、最初から、マイラを寒い土地に連れてきて、辛い思いをさせるつもりだったのに違いない。雪も、氷も経験したことのないマイラのことを、日本人とは異なる妻を、卓也は内心で邪魔だと感じていた、結婚したことを悔やんでいた。だからこそ、こうしてマイラを追い詰めて、精神的に痛めつけ、マイラ一人をフィリピンへでも、どこへでも追いやろうと考えた。これは、卓也の陰謀だったのだ。

――そういう、ことだったの。

マイラの中で怒りが膨れ上がった。よくも、そんなひどいことを考えついたものだ。これまで、卓也一人を信じて生きてきたのに、子どもたちの成長だけを楽しみに、毎日懸命に暮らしてきたのに。こんな形で裏切るなんて、絶対に許せないと思った。

「ほら、気をつけて、そおっと！」

はっと我に返ると、玄関口が騒がしい。居間との境のガラス戸を通して、卓也たちが戻ってきた影が見えた。また、雪と汗とでびしょ濡《ぬ》れになった服で、廊下に雫《しずく》を垂らしながら歩くに決まっている。お蔭《かげ》で、家の中が余計に湿っぽくなるというのに。

「ママ、ママ！」

譲が、大きな声を張り上げた。その声は、宮崎にいた当時のマイラと子どもたちの関係を思い出させた。あの頃は、いつでも今と同じように、子どもたちは溌剌とした声でマイラを呼んだのだ。その声に誘われて、ついガラス戸に近寄ったマイラは、戸を開けて息を呑《の》んだ。譲が、丸い大きな雪の塊を持っている。よく見ると、それは人間の頭部を象《かたど》ったものだった。一瞬のうちに、マイラの両腕を、ぞくぞくとするものが駆け上がった。

「見て、見て、これ、ママだよ」

真っ赤な顔をして、譲がマイラを見上げた瞬間だった。何を考えるよりも先に、マイラの手は、その首を払いのけていた。ぱん、と微かな音がして、玄関に白い雪が飛び散った。

「何をするんだっ！」

今度は、卓也が大声を上げた。マイラは、肩で息をしながら卓也と子どもたちを睨《にら》みつけた。

「ひどいよっ！」

「せっかく作ったんだぞ。三人で、ママの顔を彫刻しようっていって！」

マリアが、火がついたように泣き出した。譲も、唇を噛《か》みしめて震えている。だが、マイラの勢いは止まらなかった。

「私の首を切り落とそうとするなんて、信じられない！　そんなに私のことが嫌なのっ、そんなに私の首を取りたいのっ」

「――何を、言ってるんだよ」

卓也は、一瞬呆気《あっけ》にとられた表情でマイラを見上げ、それから思い出したように子どもたちを家に入らせた。ついさっきまで、マイラの顔とやらを形作っていた雪の塊を踏んで、二人の子どもは逃げるように自分たちの部屋に駆け込んでいった。

「――ママを元気づけようとして、作ったんじゃないか。ママが笑っている顔を作ろうって、チビたちが一生懸命に」

卓也の言葉は、耳に届いていた。だが、何語で、どういう意味なのかも、分からなかった。マイラは、卓也に激しく殴りかかり、大声で泣きわめいた。私をここから出して、フィリピンに帰して、雪のないところに行かせて、悪魔の羽根なんか見たくないと、ひたすら、それればかりを叫び続けていた。

「そうでなかったら、私、卓也を殺してでも、ここから逃げるよ――」

最後に、泣き崩れながら、マイラは言った。冗談ではない、本気だった。

6

まったく、あれは悪魔の羽根だったとしか、言いようがない。それが証拠に、雪のない土地に来ると、マイラは憑《つ》き物が落ちたように、しごく平静な元通りのマイラに戻ったのだ。

「マイラにとっては、そうだったんだろう」

最初は半信半疑だった卓也も、ついにそう納得せざるを得ないほど、その変化は劇的なものだった。何しろ、東京行きの新幹線に乗り、長いトンネルを幾つか抜けて、窓の外の景色が雪一色から、乾いた地面をむき出しにしたものに変わった途端に、ぐったりと座席に身を沈めていたマイラは、思わず身を乗り出して窓の外を見たのだ。

――お陽様が照ってる。青空が、見える。

つい今し方まで、自分を取り囲んでいた世界が、まるで夢か幻のようだった。逃げ場所さえないほどに、あんなに雪が舞い狂っている世界から、何キロも離れていないというのに、同じ時刻に同じ日本の本州で、トンネルのこちら側は、こんなにもからりと晴れ渡り、うらうらと、柔らかい陽射しに満ちている。

「卓也――土が、見えるよ」

それが、発作を起こしたように卓也に殴りかかった日から、マイラが初めて口にした言葉だった。たまりかねた卓也が、再び転勤を願い出たのは、あの日の二週間後だった。ちょうど、静岡の方に良い療養施設があると聞いて、彼は静岡への転勤を決めたのだ。子どもたちは、卓也一人では面倒を見きれないからと、一時的に卓也の実家に引き取られていた。

「ちょっと、疲れてるだけだよ。静岡に行って、ゆっくり休めば、きっと治る」

惚《ほう》けたように黙りこくっているマイラに向かって、卓也は何度もそんなことを言ったと思う。だが、静岡と言われても、どんな場所かも分からなかったマイラは、卓也が何を話しかけても、その意味を聞き取ろうとはしなかった。不思議なもので、十年もの歳月をかけて、すっかり馴染《なじ》んだつもりの日本語は、聞かないつもりになると、すべて耳を素通りしてしまった。

「マイラ——」

子どものように窓にかじりついたまま、夫を振り返ると、疲れた顔で雑誌を読んでいたはずの卓也が、驚いた顔でマイラを見つめていた。マイラは、半分照れたように、そっと微笑《ほほえ》んでみせた。すると、卓也も微笑む。マイラの大好きだった、あの優しい笑顔だった。列車の窓を通して、柔らかな陽射しが顔に降り注いでくる。実に久しぶりに、マイラの中で凍りついていた生命《いのち》が、とくとくと脈打ち始めていた。全身が、春を迎えたように柔らかくほぐれていくのを感じる。マイラの中で、雪解けを待っていたせせらぎのように、あらゆる感情や生きる力、世の中のすべてに対する好奇心のようなものが駆け巡り始めた。

「私、悪魔の羽根に埋まってた」

マイラは、まだ信じられないような顔をしている夫に、以前と同じように語りかけた。そして、今更のように、雪に包まれていたときの息苦しさ、憂鬱な気分、不安などを、今度は整理してきちんと言うことが出来た。

「やっぱり、南国育ちのせいなのかなあ」

卓也は不思議そうに、半ば感心したように首を傾《かし》げている。本当のところは、卓也にも理解出来ないのかも知れない。だが、あの白だけの世界というものは、確かに人の気持ちをおかしくさせると、マイラは信じていた。

「いずれにせよ、雪から離れた途端に治ってくれて、よかったよ。チビたちも、喜んで飛んでくるだろう」

拍子抜けしたような顔で、それでも安堵《あんど》の色を隠せない夫を眺めながら、マイラは、静岡に着いたら、また子どもたちのためにドーナツを作ろうと考えていた。その代わり、もう二度と、パウダーシュガーは使わないつもりだった。

限りなく美しい恋愛に、
あなたはいま、出逢う
side-A
side-A・side-B
11月1日、2冊同時発売!
©本城直季

指定席

I

津村弘《ひろし》の最大の個性といえば、それは、どこから見ても、これといった特徴がない、ということだった。

中肉中背、面長の顔に黒縁眼鏡をかけている彼は、その顔の造作からして、「ほどほど」に出来ていた。目鼻も口も、すべてが普通としか言いようがなく、眉《まゆ》や髭《ひげ》の濃《こ》さ、髪形にいたるまで、特に印象に残る部分はない。よく見れば、幼い頃には案外可愛《かわい》らしい顔立ちだったのではないかという片鱗《へんりん》くらいは窺《うかが》わせるのだけれど、彼を熱心に観察し、その少年時代などを想像する人はいなかった。

彼の正確な年齢を知っている人は、職場にはまずいないと言ってよかった。学生時代から三十代に見られた彼は、最近ようやく実年齢と外見との間隔を狭めつつあったが、それでも彼が人に与える印象は「中年」というくくりに入っている。二年ほど前のこと、長い付き合いになる友人が、珍しく彼に女友達を紹介しようとしたことがある。だが、その女性に「どんな人?」と聞かれて、その友人さえも、彼の特徴を話すことが出来なかったという笑い話が残っているほどだ。何度会っても、どうも忘れてしまう、それが津村の個性だった。

彼はいつでも物静かで、昼休み以外は常にきちんと自分の席におり、淡々と仕事をする。周囲の人々は彼が怒鳴ったり、または声を出して笑っていたり、慌《あわ》てているところなどを見たことは一度もなかった。壁にかけられた額縁のように、彼はいつも端然と「そこ」にいた。

「津村さん、来週の内田さんの送別会なんですけど——出席、になってますけど」

「ああ、出ますよ」

その日の午後、珍しく彼の傍に来た若い女子社員は、生まれて初めて津村の声を聞いたみたいな顔をした。

「あ、出ますか——じゃあ、間違いじゃないんですね」

額縁の絵がしばしば風景に溶け込んでしまうように、彼も人々から忘れられることがあった。津村本人は、決して人付き合いが悪いつもりはなかったし、律儀《りちぎ》で几帳面《きちょうめん》でもあったから、宴会などの誘いがあれば大概は応じるのだが、出かける度に額縁を壁から外して持って歩く人がいないのと同じで、彼はまるで動かないものと思われているようなところがあった。

「じゃあ、あの、花束と記念品代、千円ずつ集めてるんですけど——いい、ですか？」

その上、津村は倹約家だと思われている。確かに彼は服装にも構わず、酒は付き合い程度、煙草《たばこ》は吸わない。競馬やパチンコもしないし、金のかかる趣味も持っていない。独身で、就職して以来、ずっと同じ小さなアパート暮らしを続けている彼は、ひたすら貯蓄に励んでいるように見えるかも知れなかった。だが、それさえも特別、意識してのことではない。元来、金銭には無頓着《むとんちやく》な方なのだが、それほど使う用事もない、というだけのことだった。

「千円、ね」

幹事を任されているらしい女子社員は、津村がズボンのポケットから小さな小銭入れを取り出し、小さく畳んである千円札を広げるのを、口の端にほんの少しの冷笑を浮かべながら眺めていた。

——口の脇《わき》に小皺《こじわ》が出始めてるな。

彼は、自分のことをよく知っているつもりだった。幼い頃から、彼はいつでも忘れられてきた。その場にいるのに、誰の目にも留まらず、「見落とされて」しまうのだ。

だが、相手は風景と同じにしか感じていなくても、津村には津村の感想が常にある。それを内側に秘めているというだけのことだ。

「来週の木曜日ですから。よろしく」

確か、今年で入社三年目くらいになる女子社員は、細かい畳み皺のついている千円札を受け取ると、わずかに愛想笑いを浮かべてすたすたと行ってしまった。津村は俯《うつむ》きがちに、ちらりとその後ろ姿を見送った後、また机に向かった。

――真面目《まじめ》そうに見えるけど、案外遊んでるんだろうな。何だ、あの腰の振り方は。

そして彼は、何時間も前からまったく動いていなかったみたいに、再び風景に溶け込む。彼の頭の中が、いくら目まぐるしく動いていようと、そんなことは他人の目からは分からなかった。

――ああいう女に限って、男にはだらしないものなんだ。

時は、津村の上を、しごく淡々と流れていくだけだった。その連続した流れを静かに受け止めていくことこそが、津村の日々だった。

彼は毎日、八時半までに出社して、与えられた仕事をきちんとこなし、四時半ちょうどに仕事を切り上げる。そして、四時四十分前後には電車に乗り、五時過ぎには彼の暮らす町を通過して、その一つ先の駅で降りる。駅前の商店街を抜け、時々はその途中にある比較的大きな本屋に寄って、彼は長いときには一時間以上も、その本屋で過ごした。そして、大抵の場合は、一、二冊の本を買い、店を出ると駅とは反対の方向に歩く。

電車から吐き出されてくる勤め人や学生、慌ただしい買い物客で混雑する商店街を、彼はさらに五分ほども歩く。やがて、商店街も外れにさしかかった辺りの路地を一つ曲がったところに、そのコーヒー店はあった。

「こんばんは」

ことん、と微《かす》かな音をたてて、目の前に水の入ったグラスが置かれ、いつもの声がする。津村はその瞬間だけ、わずかに視線を動かして、柔かな笑みを浮かべている娘を見る。

「コーヒー」

毎日のことなのだから、わざわざ改めて言う必要もないかも知れないけれど、「コーヒー」と言うのが津村の習慣だった。そして、彼女が小さく頷《うなず》くのを確認すると、ようやくほっとして鞄《かばん》から読みかけの本を取り出す。それから一時間程度、本を読みながらゆっくりとコーヒーを飲むのだ。それが、津村の毎日の中でもっとも心の安らぐひとときだった。

2

津村が初めてその店を見つけたのは、昨年の春のことだった。ひと駅だけ電車に揺られて、先ほどの本屋に来たついでに、津村にしては珍しく、散歩をするつもりになった。

その日は休日で、上着もいらないほどの穏やかな陽気の日だった。目映《まばゆ》い陽射《ひざ》しの溢《あふ》れる街は、思い思いの休日を楽しむ人々でごった返していた。声でも表情でも仕草でも、必要以上にオーバーに表現する若者たちの横をすり抜け、子どもを抱きつつ夫婦で手をつないでいる家族連れや、横に広がって、のろのろとしか進まない若い娘たちを眺めながら、津村は一体何が楽しくて、彼らはこんなにはしゃいでいるのだろうかと思った。

――どいつもこいつも、浮かれた顔で。

人生に、そんなに楽しいことなど、あるはずがない。喜びとか快楽とか、そんなものを求めてはならないというのが、津村の考え方だった。求めるから裏切られる、楽しいことがあれば、その後が余計に辛《つら》くなるに違いないのだ。

——実際、無意味だよ。そんな笑いは。

いつか、苦難のときを迎えたとき、彼らは今日のこの日を思い出すだろうか。たとえ思い出したとしても、笑いながら休日の街を歩いた記憶など、何の役に立つというのだろう。そのときになって、はしゃぎすぎた罰だと気付き、後悔しても遅いのだ。そんな不幸に見舞われないためには、自分のように、目立たず、はしゃぎすぎず、淡々と生きていくことこそが肝要なのだと、津村は言いたかった。

やはり、休日の繁華街など散歩するのではなかった、こんなに無神経な乾いた明るさは煩《わずら》わしいだけだったと後悔し、少しでも彼らから離れるために小さな路地を曲がったとき、香ばしい香りが漂ってきた。ふと見れば数軒先に、「炭火珈琲《コーヒー》」の看板がしごく控えめに掲げられていて、津村は一瞬の静寂と潤《うるお》いを求める気分で、その看板に近付いた。それが「檀」という名のコーヒー店に通い始めたきっかけだった。折しも、その少し前までよく行っていた喫茶店が火事を出してしまい、コーヒー好きの彼としては、物足りない日々を送っていた矢先だった。

「お待たせしました」

今夜も、津村の前には見慣れたカップが置かれる。黒く艶《つや》やかに輝く液体からはほのかな湯気とともに香《かぐわ》しい匂《にお》いが立ち昇っている。微かに揺らいでいるコーヒーこそは、世界中の魅惑的な瞳《ひとみ》を集めたように妖《あや》しい魅力に満ちている。

「ごゆっくり」

白いブラウスから華奢《きやしや》な手首をのぞかせて、津村の横にそっと伝票を置くと、ウェイトレスは彼から離れていく。その声も仕草も、実にさりげなく、そして控えめなものだ。

歳《とし》の頃は二十歳《はたち》そこそこというところだと思う。そのウェイトレスは小柄で痩《や》せっぽちで、小さな白い顔にソバカスを散らし、鉛筆描きの絵みたいに、細く弱々しい線だけで出来ているような雰囲気の娘だった。いつもサイズが合っていないような印象を与える制服の背中で、一つに結わえた茶色い髪が揺れている。彼女が遠ざかるのを、津村はいつも視界の隅で見送り、それからようやく熱い液体をひと口する。馥郁《ふくいく》たる香りが自分の内にゆったりと広がるのを味わい、手元の本に目を戻しながら、彼はいつも心の中で呟《つぶや》いた。

——彼女とぼくは同類だ。

彼が「檀」を気に入った最大の理由は、店に音楽が流れていないことと、そして、あのウェイトレスだった。以前、ひいきにしていた店にも、やはりおとなしい雰囲気のウェイトレスがいたけれど、「檀」の彼女は、あの娘よりももっと津村に親しみを覚えさせた。ここに来てこの席に座り、そして彼女の顔を見ると、津村はようやく一日が終わったと思う。食器の触れ合う音や控えめな人の話し声、穏やかな照明に浮かび上がる落ち着いた調度と、そしてコーヒーの香りに包まれたこの空間で好きな本を読む。それこそが、津村にとって最大の贅沢《ぜいたく》と言えた。

だから昨年来、津村は会社の帰りには必ずひと駅乗り越して、この店に寄るのを習慣にしていた。誰も気付いていないが、津村にだって職場の不満はある。気に入らない奴《やつ》もいれば、癇《かん》に障《さわ》る出来事もあるのだ。彼は毎日この店に来て、微かな人の温《ぬく》もりを感じながら、ゆっくりと本を読む間に、それらの不満を少しずつ溶かしていく。そして、六時半か、遅くとも七時には店を出て帰路に着くことにしていた。夕食は、アパートの傍の三軒の定食屋のうちのどこかと決めていた。

「ありがとうございました」

今日も、切りのいいところまで本を読み、津村はウェイトレスの声に送られて店を出た。彼はいつでもコーヒー代の六百円ちょうどを用意しておき、伝票とその金をレジの前に置くだけで、すっと店を出ることにしている。

――彼女も、その方が助かってる。余計な話はしたくないタイプなんだから。

「檀」に通い始めて十日か二週間ほど過ぎた頃、小さな変化があった。彼の姿を認めただけで、あのウェイトレスが、目顔《めがお》で一つの席を指したのだ。その目は、「あの席は空いていますよ」と言っていた。最初、津村は、自分が彼女に覚えられているらしいことに驚いた。確かに、津村はそれまでの数日、ほとんど同じ席に腰掛けた。最初に入ったときに座った席が、どうも落ち着く気がして、その場所が気に入っていたからだ。だが、そんなことをウェイトレスに気付かれているとは思わなかった。

突然、津村の中に警戒心が湧《わ》き起こった。続けて話しかけられたらどうしよう、妙に親しげにされたらどうしようと、頭の中であらゆることが駆け巡った。そんなことになれば、煩わしくなるばかりだ。せっかく見つけたコーヒー店だが、もう来るのはやめにしようかなどとも考えた。

だが、彼女は、おずおずと腰掛ける津村を見届けると、いつもと変わらない仕草で、実にさりげなく、ことん、と冷水の入ったグラスを置いた。そして、津村が小声で「コーヒー」と言うのを頷いて聞き、すぐに彼を一人にしてくれた。

――何も聞かないのか？　何も？

彼女は、その席が津村のために確保されていることを示しただけだった。それでも最初、津村はなかなか警戒した心を解こうとはしなかった。彼は、自分が人に記憶されることに慣れていなかった。個人的なことに興味を抱かれることに、恐怖心を抱いていた。それでも、いつも同じ席に座れる嬉《うれ》しさは、少しずつ津村を安心させた。

そこは、「檀」の奥にあるカウンターの、いちばん右端の席だった。その店のカウンターは、高からず低からず、黒く磨き込まれた厚い一枚板で出来ていた。奥行は一メートル近くもあるだろうか、余計なものは置かれていない代わりに、アール・デコ調のアンティークらしい大きなランプが、間隔を開けて二個置かれている。痩せっぽちのウェイトレスは、毎日、同じような時刻に現れる津村のために、その右端の席を「指定席」として確保してくれたのだった。彼にとって、それは最高のもてなしに思われた。その場所で、彼は肘掛《ひじか》けのついているゆったりとした椅子《いす》に座って本を読む。時は、いっそう緩やかに流れる。広々とした大河の深い澱《よど》みのように、その空間は津村の日常の中でも特に静かで落ち着いたものだった。

いつしか彼は、意識のどこかで常に彼女の動きを追い続けるようになった。薄明るい店内を、靴音もたてずに移動する彼女の気配を探るのは、そう簡単なことではなかった。それくらいに、彼女は空気をかき回さず、漂うように動き回った。津村の読書のスピードは以前よりもわずかに落ちた。けれど、変化といえばそれくらいのもので、あとは、しごく淡々と「檀」に通う日々が続いただけのことだった。月曜日の定休日を除いて、彼は毎日この店に通い、指定席に座り、苦みの強いコーヒーを飲みながら読書をする。それだけで、津村は満足だった。

3

翌週の木曜日、津村は同じ課の女子社員の送別会に出席した。乾杯の後、彼は時間をかけて一杯目のビールを飲んだ。そして、人々のざわめきに包まれ、空になったグラスを前に置いたまま、彼は控えめに料理を食べた。

「あれ？　おい、飲んでる？」

二十分以上も過ぎた頃、ようやく隣の同僚が津村に気付いた。彼は、決して嫌われているわけではなかった。その存在に気付きさえすれば、誰もが優しい笑顔を向けてはくれるのだ。

「また嫁にいかれちまうなぁ、おい、どうしようか」

同僚は苦笑しながら津村にビールを注いでくれる。津村は、彼に合わせて笑みを浮かべながら「そうだねえ」としか答えなかった。

――いいじゃないか、あんなケバケバした女が誰と結婚しようと。

「そうだねえ、か。いいなあ、津村くんは、マイペースで」

——僕は点数が辛いだけだ。妥協なんか、したくはないからな。

けれど、口では「そうかな」と呟き、津村は曖昧《あいまい》に笑ってみせただけだった。それきり会話も続かなくなって、同僚は、いつの間にか他の連中と話し始めてしまった。今夜飲み、歌い、笑っている彼らを眺めながら、津村は「檀」のことを考えていた。今夜はあの席はどうなっているだろうか。あの、鉛筆描きの絵みたいなウェイトレスは、空っぽの席を眺めながら、少しは津村のことを案じているだろうかと思う。

——どうして来てくれないの。

ぺそぺそと泣く顔が思い浮かぶようだ。彼女には、そういう泣き顔が似合うに違いないと、津村は以前から思っている。声を出さず、大袈裟《おおげさ》に涙を流すのでもなく、ただぺそぺそと泣くのだ。

——待ってたのに。私、待ってたのに。

やっとの思いで絞り出したみたいなか細い声で、彼女が言う様を想像して、津村は思わず、この送別会が終わった後にでも立ち寄ろうかと考えた。けれど、あの店は、確か九時で閉店のはずだ。閉店ぎりぎりに行くのも落ち着かないし、いつもと違う行動をすることで、面倒な会話の糸口が生まれてしまうのは嫌だった。あの席だって、津村が帰った後は、他の客が座っているかも知れない。そう考えると、やはり予定外の行動はしないに限るという結論に達する。だから結局、津村はその日は真《ま》っ直《す》ぐに帰宅した。いつもの通り、二次会には誘われなかった。

翌日、四時半に仕事を終えると、津村はいつもよりもいそいそと会社を出た。だが、たった一日行かなかったくらいで、忘れられるはずもない。あまりに慌《あわ》てて行ったと思われるのも嫌だと考え直して、いつもの本屋に寄ることにした。そこで、内心ではそわそわとしながら小一時間も過ごし、それからやっと「檀」に向かった。

「ご注文は」

こんばんは、の代わりに、そんな声がかけられた。しかも、カウンターに水を出すときも、いつもは、ことん、と小さな音をたてるだけなのに、ごん、という音がするのだ。津村は、いつになく真っ直ぐに顔を上げてみた。

「メニュー、こちらですから」

そこには、見知らぬ娘がいた。妙にのっぽで、顎《あご》に大きなにきびが出来ている。彼女は無表情のまま、どことなく憮然《ぶぜん》として見える顔で津村を見下ろした。

「――コーヒー」

「ブレンドですか」

津村は、その娘が嫌いだと思った。何故《なぜ》、そんなことを改めて言わなければならないのだろう。ずっと同じコーヒーを飲み続けている津村に向かって、今更メニューを指す娘の無神経さに、珍しく心の底が苛立《いらだ》った。

「ブレンドは、リッチとマイルドとありますけど」

助けを求めるつもりで、急いでカウンターの中を見回したが、マスターはこちらに背を向けて、コーヒー豆を大きなミルにかけているところだった。

「どっちにします?」

「——リッチ」

津村が言い終わるか終わらないかのうちに、彼女はくるりと踵《きびす》を返し、カウンターの内側に向かって「リッチ・ワン!」と言う。津村は、いかにも無神経そうな、でくでくとした娘の後ろ姿を横目で見、急に気持ちが萎《な》えるのを感じた。

——あの娘は、どうしたんだ。今日は、休みなのか。

たった一日来なかっただけなのに、彼女がいないというだけで、店の雰囲気はすっかり違って感じられた。津村は、カウンターの内側で働き続けているマスターを一心に見ていた。津村と目が合ったら、何かの説明をしてくれるのではないか、「彼女なら、今日は風邪で休んでいます」とか、そんな説明を受けられるのではないかと思ったのだ。けれど、マスターは豆をひいたと思えば、次にはトースト用のパンをトースターに放り込み、すぐに汚れた食器を洗い始め、濡《ぬ》れたままの手で新しいミルクのパックを取り出すという具合で、絶えず動き回っている。時折、顔を上げて「いらっしゃいませ」などと言うのに、彼は、ただの一度も津村の方を見ようとはしなかった。やがて、かちゃ、と音をたてて、津村の前にコーヒーが置かれた。いつものカップの中で黒い液体は大きく揺れて波立ち、ソーサーにまで跳ね飛んでいる。

——どういう置き方なんだ。無神経な。

心なしかコーヒーの味さえも、いつもよりも味気なく思える。それでも、津村は黙ってコーヒーを飲み、いつもの通りに本を読んだ。たとえ彼女が休んでいても、だからといって、さっさと帰るつもりにはなれなかった。何しろ、このひとときは、津村にとって欠かせない時間、大切な指定席を温める時間なのだ。

——それに、彼女がどうしていようと、結局、僕には関係ない。

明日には、また彼女が迎えてくれるに違いない。そうなれば、たった一日くらい、失礼なウェイトレスがいたことなど、すぐに忘れてしまうだろうと、彼は自分に言い聞かせた。

だが、彼女は、それきり「檀」からは姿を消してしまった。二日過ぎても、三日目になっても、彼女の代わりに、のっぽの女が「ご注文は」と言う。やがて、津村は徐々に諦《あきら》め始めた。所詮《しょせん》は単なるアルバイトだったのに違いない。いつ、どこへ消えてしまおうと、津村とは縁のない娘だったということだ。

——それでも僕は、別に変わらない。

実際、津村の生活には何の変化もありはしなかった。彼は、彼女がいたときと同じように、いつも「檀」のカウンターの右端の席に座り、「リッチ」と言って出てくるコーヒーをゆっくり飲む。そして、のっぽのウェイトレスに「六百円です」と言われてレジで金を払って店を出る。小さなことに拘《こだわ》りを持ち続けても仕方がない。そのうち、新しいウェイトレスにも慣れるだろうと、彼は常に自分に言い聞かせていた。とにかく、この店には彼の指定席がある。その席さえ確保されていれば、彼の日常は、それほど乱されるということはなかった。

4

ある日、彼は珍しく係長に呼び出された。係長は、彼の仕事が遅いと言った。本来ならば、もっと任せたいことがあるのに、いつも最低限の仕事しかしないから、任せられないのだとも言った。

「もう少し効率的に仕事を処理しようとか、そういう努力もしてもらいたいものなんだけどな」

何年か前に係長になった男は、津村よりも後輩だった。津村から見れば、彼はお調子者でデリカシーのかけらもなく、やたらと派手に動き回るタイプだった。津村は、出世などには興味はなかったけれど、後輩に居丈高になられれば、やはり愉快な気はしない。

「真面目《まじめ》なことは分かってるけど、もう少し前向きなガッツというか、そういうものが欲しいんだよね」

青二才にそんなことを言われる筋合いはないと思いながら、津村は「すみません」と頭を下げた。何と言われても、彼は自分のペースを守るだけのことだった。もしも、仕事の出来る男だなどと思われたら、面倒が増えるだけだ。そんなことで自分をすり減らすなんて、まっぴらだ。

「まあ、いいや。君みたいな人も、世の中には必要なのかも知れないから。な」

やがて、係長は深々とため息をつきながらそう言うと、津村の肩をぽんぽんと叩《たた》いて「頑張ってくれよ」とだけ言った。

——あんな男の言いなりになるものか。僕は、僕なんだ。

はけ口のない不満を渦巻かせながら、津村はその日もきっちり四時半に仕事を切り上げた。課内のほとんどの人間が残業していたが、津村が席を立っても、顔を上げる人間はいなかった。「お疲れさま」の声さえもかからない。彼が何をしようと、何時に帰ろうと、誰も注意など払ってはいない、まるで透明人間のようなものだった。

——誰も、僕に気付かない。僕を見ない。

陽が伸びてきて、外はまだ明るかった。駅までの道すがら、津村は自分の細長い影を見つめながら、まだ影の方が存在感があるのかも知れないと自嘲《じちよう》気味に考えた。ふと、大声で叫び出したい気にさえなる。

——声まで聞こえなかったら、それこそお笑いだ。

けれど、そんなことをするはずがない。津村は、不愉快な塊を抱えたまま、いつもと同じように淡々と歩き、電車に乗り、いつもの通りひと駅乗り越す。そして、今やアパートの近所よりも歩き慣れた感のある商店街を歩いた。あののっぽのウェイトレスのことを考えると、ほんの少し憂鬱《ゆううつ》にならないこともないのだが、他に予定があるわけでもないし、第一、一年以上も続けている習慣を、あんな小娘一人のために変えなければならないのは、いかにも不愉快なことだった。彼は、予定通りに日常生活を送ることこそが大切だと信じていた。アクシデントや、わくわくする出来事などは、一生のうちで二、三回もあれば十分だ。

夕暮れに向かう商店街は、休日ほどではないにしても、やはり混雑していた。それらの人に紛れながら、今日は本屋の前は素通りして、ちょうど半分くらい歩いたときだった。人混みの中を、こちらに向かって歩いてくる一組のアベックが目に留まった。二人は揃《そろ》って晴れやかな顔で笑っている。真っ白い半袖《はんそで》のポロシャツを着て、両手をジーパンのポケットに入れている長身の青年の腕に摑《つか》まりながら、娘の方は彼の隣をぴょんぴょんと飛び跳ねるようにして歩いてくる。その姿を見た瞬間、津村の心臓は珍しくどきりとした。ミニスカートに鮮やかなピンク色のニットを着て、長い髪を肩の上で躍らせている娘、明るい笑みを振りまいて男に甘えている彼女は、あの鉛筆描きのウェイトレスに違いなかった。

彼らとの距離はどんどんと縮まってくる。津村は息苦しささえ覚えながら、立ち止まることも出来ず、歩調を変えないように努力するだけで、精一杯だった。

――そんな顔をする娘だったのか？　そんな服装で、そんなにはしゃいで。

もはや、彼女は鉛筆描きの娘などではなかった。はっきりとした色と形を持ち、彼女は全身から若さと生命力、十分すぎるほどの存在感を放っていた。

――僕の知ってる彼女じゃない。

それでも、やはり懐《なつ》かしい気がして、津村は彼女を見つめていた。一年間、毎日のように短い言葉を交わし、顔を見ていた娘なのだ。彼女は、津村をすぐに覚えた。そして、彼のために指定席を用意してくれた。やがて、津村と彼らの距離が、ほんの数メートルというところまで縮まったとき、ふいに彼女がこちらを見た。

——や、やあ。

咄嗟《とっさ》に曖昧な笑みさえ浮かべそうになりながら、津村は彼女を見た。彼女は、真っ直ぐにこちらを見ていた。確かに、視線はぴたりと合ったはずだった。それなのに、次の瞬間、彼女は素知らぬ顔で視線を外してしまった。まるで表情を変えることなく、ただの風景でも見たみたいに彼女は横を向いた。

——気がつかないのか？　僕に？

中途半端《はんぱ》に口を開いたまま、津村は彼らとすれ違った。

「駄ぁ目。ねえ、行こうよ、ね、ね」

甘えた声が津村の耳に届いた。それは、確かにあの娘の声に違いなかった。津村は信じられない思いで、振り返って彼らの後ろ姿を見つめていた。そんなはずがない、津村の顔を覚えていなければ、席など用意してくれるはずがないのだ。

——無視したのか？　男と一緒だから、わざと知らないふりをしたんだろうか。

思わず彼らの後を追っていきたいと思った。彼女の住まいをつきとめて、彼女に直《じか》に聞いてみたい。僕を覚えていませんかと。津村は、来た道を引き返しそうになって、その行動の、いかにも自分らしくもないことに気付き、慌ててまた歩き始めた。

――何を考えているんだ。僕には関係ないじゃないか。

それに、こちらの質問に、涼しい顔で「どなた?」などと聞き返されでもしたら、津村は恥ずかしさのあまり、どうしたらよいのか分からなくなってしまうに違いない。自分の愚かしい行動を死ぬまで悔やむことになる。

――僕をだましていたんだ。僕を。

要するに、彼女は芝居をしていたのだ。そうに違いない。さっきから抱えている不快な塊が大きくなった。彼女こそは同類だと思っていたのに、その思いは、今やはっきりと裏切られていた。

――何ていう女なんだ。

取りあえず、熱いコーヒーを飲み、ゆっくりと本を読もう。そうすれば、怒りも不満も溶けていくに違いない。今までだって、ずっとそうしてきたのだから。津村は、すがるような気持ちで「檀」に向かった。ほんの数分の距離が、ひどくもどかしく感じられた。

ようやくいつもの路地を曲がり、香ばしい香りに吸い寄せられるように「檀」のドアに手をかけたとき、津村はもう安堵《あんど》のため息を洩《も》らそうとしていた。やっと、自分の居場所にたどり着いた、あの席が津村を待っている。早く、あの席で気持ちを落ち着かせたかった。

音もたてずに店に入り、いつもの通りにカウンターに向かおうとして、だが、彼の足は止まってしまった。指定席に、他の客が座っているのだ。津村は頭の芯《しん》がかっと熱くなるのを感じた。その耳に、流れているはずのない音楽が聞こえてきた。彼の頭はますます混乱しそうになった。

——ここは「檀」だろう？　そこは、僕の席だろう？

「すいませんね」

津村に気付いたマスターが、如才ない笑みを浮かべて軽く頭を下げてみせる。その声に気付いて、カウンターに身を乗り出してお喋《しゃべ》りに興じていた例のウェイトレスが顔を上げた。たった今までにこにこと笑っていたくせに、彼女はすっと真顔に戻り、死んだ魚みたいな目つきで「いらっしゃいませ」とだけ言った。彼女の顔を見て、津村はそこが間違いなく「檀」であることを確認した。

「あの子の知り合いが来てるもんですから、いつもより少し賑《にぎ》やかかも知れないんですが」

これまで、一度として足を踏み入れたこともない、入り口に近いテーブル席の方に案内されて、津村はマスターから水を出された。他の客の姿はなかった。

落ち着かなければ、こんなことで慌《あわ》てたり取り乱したりしてはいけないと、津村はカウンターのものよりも窮屈に出来ている椅子《いす》に腰掛けながら、自分に言い聞かせていた。とにかく、コーヒーを飲みたかった。

「ご注文は」

マスターの穏やかな声が頭上から聞こえて、津村は、ぎょっとしながらマスターを見た。五十代に見えるマスターは、慇懃《いんぎん》な表情で津村を見ている。

「――コーヒー」

「ブレンドですか？　でしたら、当店の場合ですとリッチ・ブレンドとマイルド・ブレンドがございますんですが」

津村は、ごくりと生唾《なまつば》を飲み込みながら、「マイルド」と呟《つぶや》いた。

「マイルド・ブレンドでございますね。少々、お待ちを」

愛想笑いを浮かべ、大股《おおまた》でカウンターの方へ戻るマスターの後ろ姿を見送りながら、今や津村の心臓は明らかに高鳴っていた。

——いつも、リッチじゃないか！　一年以上も、ずっと同じものを注文してるじゃないか！

頭の芯がかっかと燃えている。腹の奥で渦巻いている塊も、せり上がってきそうだ。音量は抑えてあったが、店内には、津村の大嫌いなジャズが流れていた。

——クラシックならともかく。

大体、マスターが「すいませんね」と言ったとき、津村は明らかに指定席のことを謝られたのだと思ったのだ。あの馬鹿《ばか》ウェイトレスのせいで、指定席を占拠されてしまっていることについて謝ってくれたのだと思った。それなのに「ご注文は」ときた。いつもと違うものを注文したことにも、まるで気付きもしなかった。

——どいつもこいつも、どうして僕が分からないんだ。

カウンターの方で、どっと賑やかな笑い声が起こった。津村は、自分のすぐ脇《わき》の飾り棚に置かれているアンティークのランプに身を隠すようにしながら、彼らの様子を窺《うかが》った。ポーカー・フェイスだと思っていたマスターまでが、顔をほころばせている。そんな顔で淹《い》れたコーヒーなど、旨《うま》いはずがないと津村は思った。

「そうだよ、マスター。夜はパブ・タイムにしなよ、この店。ジャズ・バーでもいいしさ」

誰かがそんな声を上げている。

「そうしたら、俺、ボトル・キープするよ」

「コーヒーより、儲《もう》かるだろう？」

他の客も賑やかに笑いながら勝手なことを言っている。ウェイトレスはにこにこと笑いながら「いい、いい！」と叫んでいた。

――僕の大切な席に酒飲みを座らせるつもりか。

「雰囲気いいんだからさ。コーヒーだけじゃ、もったいないって」

津村は、ランプシェードに身を隠しながら、額から脂汗《あぶらあせ》を滲《にじ》ませていた。頭がぐるぐると回っている気がする。何とか気持ちを鎮《しず》めなければと思い、鞄《かばん》から本を取り出したものの、気持ちは一向に落ち着かなかった。この際、リッチでもマイルドでもいい、早く、コーヒーを飲みたかった。

「その方が、絶対にいいって」

音楽がうるさい、奴《やつ》らの無神経な声がたまらない。津村は、必死でコーヒーを待った。耳の奥でどくどくと鼓動が聞こえている。

だが、コーヒーはなかなか運ばれてこなかった。いつもならば、五分もしないうちに出てくるはずなのに、今日に限って、十分、十五分待っても、まだ出てこない。

──忘れているのか？　僕は注文したじゃないか。

津村は腕組みをしながら、何度も深呼吸をした。今日一日のことが頭を駆け巡る。それだけでなく、これまでに屈辱的な思いをしたり、妥協を強いられたすべての場面が思い出された。

──僕は、ここにいるじゃないか。

頭の中が真っ白になりそうだった。どこかに救いを求めるつもりで、津村は自分の周囲を見回した。カウンターから彼の姿を遮っているランプは、淡い緑色の曇ったガラスで出来ていた。これもアール・デコ調らしく、胴体の部分からランプシェードにいたるまで、全体に蝶《ちょう》と紫陽花《あじさい》の文様が入っている。そのランプの置かれている飾り棚は、まるで骨董品《こっとうひん》屋の様相を呈していた。ランプの隣には、片隅に少女のレリーフがはめ込まれた鏡がかけられ、その隣には、やはりアール・デコ調の振り子時計が置かれている。さらに、その奥には、大きなガラス製の壺《つぼ》までが置かれていて、それらのすべてを取り巻くように、天井からは厚手のビロードのカーテンが下がっていた。飾り棚全体を一つの舞台に見立てているみたいに、カーテンは緩やかな曲線を描きながら天井と壁の境の辺りを這《は》い、その端は、大きく波打ちながら津村の脇に垂れ下がっていた。

——くどすぎる。何だ、こんなごてごてと飾りたてて。

つい、小馬鹿にしたい気持ちで心の中で呟いたとき、再びカウンターの方から笑い声が上がった。

「コーヒー一杯で粘る客ばっかりじゃ、マスターだって困るだろう?」

一人の客が言った。「俺も、その口だけどね」と続けて、また笑い声が上がる。

「そうよ。マスターだって、いつもそう言ってるんだもんね」

ウェイトレスの言葉が聞こえた瞬間、津村は頭の芯どころか、全身がかっと熱くなった。彼女の言葉だけが耳の中で鳴り響いていた。

——無神経にも程がある。

津村は、テーブルの上の黒くて丸い灰皿と、その中に置かれているブック・マッチをぼんやりと見つめていた。耳の奥でどくどくと脈打つ音ばかりが聞こえる。マッチは、黒い地に「檀」という文字が白抜きで入り、文字の周囲を唐草模様が取り巻いているデザインだった。

それにしてもコーヒーは来なかった。紫陽花の周囲を蝶が舞い飛ぶ文様のランプシェードに隠れながら、いくらカウンターの方を見ても、マスターは話に夢中になっている様子で、まるで手を動かしている気配がない。

――待ってるんじゃないか。僕は、ここにいるじゃないか！

震える手がマッチに伸びた。行儀よく並んでいるマッチの、右端の一本をむしり取りながら、津村は、それこそが津村自身の姿に思えた。右端は、津村の席だったのだ。あそこは指定席だった。一年間も、ずっと、毎日。それなのに、鉛筆描きみたいな彼女も、今の馬鹿ウェイトレスも、そしてマスターさえも、皆が津村を忘れている。

津村の指先に、小さな炎が生まれた。明るい黄色の炎は、生き物のように揺らぎながら、紙マッチを燃やしていく。その炎を見た瞬間、津村の頭はすっと冷静に戻った。彼は、ゆっくりと腕を伸ばし、マッチの火を飾り棚のカーテンに近付けた。ほんの小さな生き物だった炎は、垂れ下がっているビロードに触れると、十分な栄養を与えられたように、躊躇《ためら》うこともなく、静かに成長を始めた。津村は、炎が瞬《またた》く間に天井にまで上がるのを見届けてから、そっと立ち上がった。

――僕の、指定席だったのに。

いつもの歩き方で店の出口に向かい、そっとドアを押したとき、背後で「火事だ！」という声が聞こえた。津村は、振り返りもせず、ゆっくりと店の外に出た。外には、まだ完全に暮れきっていない、いつもの街があった。

昨年、いつも行っていた喫茶店が燃えたのも、こんな時間だったことを思い出しながら、彼は久しぶりに晴れ晴れとした気分で歩いた。あのとき、彼は生まれて初めて味わった興奮を、その後も幾度となく蘇《よみがえ》らせた。新聞でもテレビでも「放火らしい」とは報道されたが、誰一人として津村を記憶していなかった。恐らく、今回も同じことになるだろう。何しろ、彼は目立たない、見落とされてしまう存在なのだ。

――今夜は、中華でも食うか。

遠くから、けたたましいサイレンの音が近付いてくる。けれど、津村は振り返らなかった。人混みと夕闇《ゆうやみ》に溶け込んで、淡々と歩いた。また明日から、新しい店を探さなければならない。今度は、もう一つ先の街まで行ってみようかと思いながら、彼は駅に向かった。

感受性の柔軟体操

山口果林

乃南アサさんの短編集「悪魔の羽根」は、とても味わい深く、想像力を刺激してやみません。ここには、日本の四季を巧みに織り込む、七つの物語が編まれています。とりたてて犯罪も事件も起こらないのに、すべての作品がサスペンスに満ちています。四季を彩り人《いろど》を楽しませてくれるはずの季節の特徴が、逆に人間の心を惑わし、思わぬ事態をまき起こし、不思議な世界を繰り広げます。

説明のつかない事態に接したとき、何故、何故と答えを求めるのは人間の心理。そんな読者の心を読んで引っ張っていく作者の手腕に、気持ちよく翻弄《ほんろう》されることでしょう。天才マジシャンに鮮やかに騙《だま》されて喜ぶ体験にちょっと似ています。

「はなの便り」は、バレンタイン・デーを過ぎる頃に、突然恋人からデートを断られた男性の焦燥感と不安感で物語が進みます。

「しばらく逢《あ》えそうにありません。連絡できるようになったらこちらから連絡します」という一枚の絵葉書を最後に、恋人が姿を消してしまうのです。留守を預かる従姉《いとこ》と称する人は実家に帰っているというのに、会社には出社しているという。理由がわからないまま放りだされた主人公は、悩みます。

桜の花も散って若葉が萌《も》え出しはじめる頃、主人公は「今日こそ真相を突きとめてやる」と彼女のアパートに乗り込むことに――。読者の皆さんの楽しみを奪ってしまうので、結末は明かさないことにします。でも、彼女と同病のわたしとしては、大笑いしてしまいました。確かにこういう落とし所は予知してしかるべきだったと悔やんだものの、まんまと罠《わな》に嵌《は》められていました。

次の「はびこる思い出」では、「はなの便り」の二の舞はしないぞと、謎《なぞ》めいた女主人公の過去を、様々に推理しながら読みました。

上司とイワクアリ、の関係かもしれない。アルバムの真相が夫に知られて、主人公は窮地に陥るのだろうか、想像力をフル回転させてチェックしながら読みました。文中の「全共闘」という言葉にひっかかりはしたものの、黴《かび》まみれになったアルバムに隠された真相と結末は、わたしの想像を遥《はる》かに上まわるものでした。黴まで共犯者に仕立てて、遠大な計画をたてた女主人公自身こそ、したたかでミステリアスな存在です。こわいけれど、ちょっと身につまされる物語です。

「ハイビスカスの森」は南の島の台風が、主人公の過去のトラウマを目覚めさせるきっかけになります。肩肘《かたひじ》を張って生きる、ツッパリ女性の皮膚の下に、やわらかく傷つきやすい粘膜が透けて見えて、主人公が愛《いとお》しく感じられます。

以上の三編は、ちょっと頼りないけれど心優しい男性と年上の女性が織りなす、サスペンスに満ちているけれどハッピーな物語。女性読者はこんな彼氏が傍《そば》にいてくれたら、と思いながら読み終えるのではないでしょうか。果たして、男性読者はどう感じるのかしら。

後半の四編は、それぞれ違う趣向を凝らした作品が並びます。物語の季節が夏の終わりから冬に向かうに従い、作品のトーンも暗さを増しながら。

「水虎《すいこ》」は、うっとうしいけど頼られると断りきれない、学生時代からの友人との話です。騙されつづけ、いいように利用されてきた主人公が、堪忍袋の緒を切らして、友人を懲《こ》らしめるための計画をたてます。海に誘い、高波が襲いかかるのを承知で、岩場に置き去りにするのです。

祖母から聞いた、人を海に引き込むという海の魔物の伝説「水虎」が出現する神秘的な結末は、次元のゆがみに放り出されてしまうような不安感に襲われます。友人には「水虎」が神の姿に見え、主人公には醜い己の顔に見えたという最後の一頁には圧倒されてしまいました。いつまでも心に残る作品です。

「秋旱《あきひでり》」は、今の状況を打開したいと、不倫に悩む女性が少女期を過ごした山間《やまあい》の里を訪れる話。透明度の高い秋の空の下、一陣の風が吹きぬけていくように、青春の淡い恋心の思い出が現れては、消え去ります。枯草色の風景画を鑑賞する思いで読ませます。

表題作「悪魔の羽根」は日本人の銀行マンと結婚し、二児をもうけて幸福な家庭生活を送っているフィリッピン女性が主人公。明るく働き者の彼女は、夫の転勤で九州から新潟へ移った途端に心のバランスを崩します。美しくロマンチックな白い小さな天使と思っていた雪が、彼女を窒息させようと襲いかかります。実は雪は悪魔の羽根だったのです。憑《つ》き物《もの》がついたとしか言いようのない変貌《へんぼう》ぶりに、子供たちまでが怯《おび》え、やがて幸福だった家庭が軋《きし》みをたてて崩壊していくことに。

最後の「指定席」にだけは、特定の季節の描写がありません。でも灰色の季節といってよい、無彩色の鉛筆書きの世界です。自分の縄張りを侵されるのを極端に恐れる主人公。まわりの人たちからは透明人間みたいに扱われる存在感のない男。そんな主人公にも、煮えたぎるような感情と意志はあったのです。灰色の世界が炎の赤に変わる結末で、放火魔の内面世界の物語だったのだと納得させられました。

この短編集を読みながら、ふとある疑問が浮かびました。

わたしたち役者にとっての日常訓練は何なのだろう。ダンサーのバーレッスンやピアニストの指慣らしの音階練習に相当するものは何なのだろう。考えた末、わたしの頭に飛び込んできたのは「小説を読みつづける」ということ。声や身体《からだ》は俳優にも大事な要素です。メンテナンスが必要です。でも周囲の物ごとに敏感に反応する感性がなければ、せっかくの技術も宝の持ち腐れでしょう。イメージを膨らませ、登場人物の生活を親友の生活のごとくに知り尽くす。そんな心の運動の繰り返しが、日常訓練なのだと改めて思いました。

乃南アサさんの小説は見落としがちな日常の細部が克明に描きこまれ、掬《すく》い取られ、五感に訴えかけてきます。小説、とくに短編小説は、わたしの想像力を自由に羽ばたかせ、感受性の柔軟体操に必要不可欠なものです。

（二〇〇四年九月、女優）

この作品は平成九年二月幻冬舎より刊行され、
平成十二年四月幻冬舎文庫におさめられた。

乃南アサ著　女刑事音道貴子　花散る頃の殺人

32歳、バツイチの独身、趣味はバイク。かっこいいけど悩みも多い女性刑事・貴子さんの短編集。滝沢刑事と著者の架空対談付き！

乃南アサ著　ボクの町

ふられた彼女を見返してやるため、警察官になりました！　短気でドジな見習い巡査の真っ当な成長を描く、爆笑ポリス・コメディ。

乃南アサ著　ダメージ　―そこからはじまるもの―

「ありがとう」と素直に言う。他人と自分を比べないこと。そうすれば、あなたは幸せになれる。若い女性へ贈る出色のモノローグ集。

乃南アサ著　行きつ戻りつ

家庭に悩みを抱える妻たちは、何かを変えたくて旅に出た。旅先の風景と語らいが、塞いだ心を解きほぐす。家族を見つめた物語集。

乃南アサ著　涙（上・下）

東京五輪直前、結婚間近の刑事が殺人事件に巻込まれ失踪した。行方を追う婚約者が知った慟哭の真実。一途な愛を描くミステリー！

乃南アサ著　好きだけど嫌い

悪戯電話、看板の読み違え、美容院のトラブル、同窓会での再会、顔のシワについて……日常の喜怒哀楽を率直につづる。ファン必読！

乃南アサ著
パラダイス・サーティー（上・下）
平凡なＯＬ栗子とレズビアンの菜摘。それぞれに理想の〝恋人〟が現われたが、その恋はとんでもない結末に…。痛快ラブ・サスペンス。

乃南アサ著
チカラビトの国
—乃南アサの大相撲探検—
行司・呼出し・床山など力士を支える人から聞いた「へえー」という話を満載。初心者から相撲通まで、観戦が10倍楽しくなります！

乃南アサ著
鎖（上・下）
占い師夫婦殺害の裏に潜む現金奪取の巧妙な罠。その捜査中に音道貴子刑事が突然、犯人らに拉致された！　傑作『凍える牙』の続編。

乃南アサ著
結婚詐欺師（上・下）
偶然かかわった結婚詐欺の捜査で、刑事の阿久津は昔の恋人が被害者だったことを知る。大胆な手口と揺れる女心を描くサスペンス！

乃南アサ著
ヴァンサンカンまでに
社内不倫と社内恋愛の同時進行——ＯＬの翠は欲張った幸せを摑んだが、満たされない。本当の愛に気付くまでの、ちょっと切ない物語。

乃南アサ著
氷雨心中
能面、線香、染物——静かに技を磨く職人たち。が、孤独な世界ゆえに人々の愛憎も肥大する。怨念や殺意を織り込んだ6つの物語。

新潮文庫最新刊

星野智幸著
目覚めよと人魚は歌う
三島由紀夫賞受賞
乱闘事件に巻き込まれ逃亡する日系ペルー人ヒヨと、恋人との想い出に生きる糖子。二人の触れ合いをサルサのリズムで艶かしく描く。

新潮文庫編
文豪ナビ 夏目漱石
先生ったら、超弩級のロマンティストだったのね——現代の感性で文豪の作品に新たな光を当てる、驚きと発見に満ちた新シリーズ。

新潮文庫編
文豪ナビ 芥川龍之介
カリスマシェフは、短編料理でショーブする——現代の感性で文豪の作品に新たな光を当てる、驚きと発見に満ちた新シリーズ。

新潮文庫編
文豪ナビ 三島由紀夫
時代が後から追いかけた。そうか！ 早すぎたんだ——現代の感性で文豪の作品に新たな光を当てる、驚きと発見に満ちた新シリーズ。

よしもとばなな著
赤ちゃんのいる日々
—yoshimotobanana.com5—
子育ては重労働。おっぱいは痛むし、寝不足も続く。仕事には今までの何倍も時間がかかる。でも、これこそが人生だと深く感じる日々。

山口 瞳ほか著
山口瞳の人生作法
男のダンディズムは山口瞳に学べ！ 礼儀、酒、競馬、文学……。知られざるエピソードと秘蔵写真満載の「山口瞳読本」決定版。

悪《あく》魔《ま》の羽《は》根《ね》

新潮文庫　の - 9 - 27

平成十六年十一月一日発行

著者　乃《の》南《なみ》アサ

発行者　佐藤隆信

発行所　株式会社 新潮社

郵便番号　一六二―八七一一
東京都新宿区矢来町七一
電話　編集部(〇三)三二六六―五四四〇
　　　読者係(〇三)三二六六―五一一一
http://www.shinchosha.co.jp

価格はカバーに表示してあります。

乱丁・落丁本は、ご面倒ですが小社読者係宛ご送付ください。送料小社負担にてお取替えいたします。

印刷・二光印刷株式会社　製本・株式会社大進堂

ISBN4-10-142537-X C0193